U0092405

中國當代散文發展史略

李曉虹

總　序

　　1992 年，兩岸開放探親後的第五年，我在埋首撰寫論文〈大陸的台灣文學研究概況〉過程中，驚覺對岸對於台灣文學研究的投入成果，並在種種因緣之下，開始關注對岸文學，一頭栽進大陸文學的研究與教學。

　　多年來，心中一直記掛著應該把台灣的大陸文學研究情況也整理出來。因為台灣和大陸是現代華文文學研究的兩大陣地，除了兩岸學界的本土文學研究之外，還須對照兩岸學界的彼岸文學研究，才能較完整地勾勒現代華文文學研究的樣貌。去年，我終於把這個想法，部分地呈現在〈台灣的「大陸當代文學研究」觀察〉一文中。但是，這個念頭的萌發到落實，竟已倏忽十年，而在這期間，仍有許多想做和該做的事，尚未完成，不禁令人感慨韶光的飛逝和個人力量的局限。

　　回顧過去半世紀以來的現代華文文學研究，兩岸都因政治環境和社會文化的變遷，日益開放多元；近年更因大量研究者的投入，產生豐盛的研究成果，帶起兩岸文學界更加密切的交流。兩岸的研究者，雖在不同的歷史背景下成長，但透過溝通理解、互動砥礪，時時激盪出許多令人讚嘆的火花。

　　「大陸學者叢書」的構想，便是在這樣的感慨和讚嘆中形成的。從文學研究的角度來看，成果的交流和智慧的傳遞，是兩岸文學界最有意義的雙贏；於是我想，應從立足台

灣開始，將對岸學者的文學研究引介來台，這是現階段能夠
做也應該做的努力。但是理想與現實之間，常存在著難以克
服的主客觀因素，台灣出版界的不景氣，更提高了出版學術
著作的困難度。

　　感謝秀威資訊公司的總經理宋政坤先生，他以顛覆傳統
的數位印製模式，導入數位出版作業系統，作為這套叢書背
後的堅實後盾，支持我的想法和做法，使「大陸學者叢書」
能以學術價值作為出版考量，不受庫存壓力的影響，讓台灣
讀者有更多機會接觸到彼岸的優質學術論著。在兩岸的學術
交流上，還有很多的事要做，也還有很長的路要走，我相信，
這套叢書的出版，會是一個美好開端。

宋如珊

2004 年 9 月　於士林芝山岩

序　言

　　中國大陸散文半個世紀以來，走過一條曲曲折折的道路，其中有繁榮、有沈寂、甚至也有完全失聲的時候。它的每一步消漲起落，都承載著巨大的歷史內容，具有審美意義同時也具有豐富的文化內涵。筆者從當下生活的立足點出發，展開對於幾十年散文發展歷程的回顧。力圖從縱橫的考察中看清散文發展的基本脈絡。

　　散文是藝術的心靈史。心靈應當是一片自由的天地，它建基在現實的土壤上，又給人生插上奮飛的翅膀。散文是自由的心靈世界馳騁的疆場，它保留了原初的詩性，它所展現的「情」的世界是作家主體人格的世界。在那裏，作家把他所感悟到的生活坦然地、親切地展示出來，作者像是讀者的一個老朋友，對面而坐，娓娓交談。作家的直接出場，作家心靈世界的真實坦露，使散文對心靈的展示較之其他文體更加痛快淋漓。

　　從對當代散文發展史的描述中，我們看到一個事實：在心靈不自由的時代，在話語成為一種權力、一種號令，被規範、被限定的時候，散文儘管在藝術上做了很大的努力，儘管有一批有藝術造詣、有創作熱情的作家寫了許多美文，但最終，還是因為頌歌體的範式、以「時代精神」為準則的選材原則而限制了其發展。致使 1949 至 1966 的十七年中，散

文留下許多遺憾。本書對十七年散文的反思，對於那個扼制自由、規範創作的時代的關注是基於對自由精神的強調，更是一種站在當下，對散文中的新的更高的自由精神的呼喚。因此，在對新時期散文進行描述時，突出強調了「多元複調時代與藝術共生局面的形成」。強調代表世俗化傾向的閒適散文與代表深度思考和理性力量的學者文化散文同時共存的意義，強調自由的散文應當表現人們日趨自由的心靈，並對這種自由加以藝術的提升。

　　散文是生命本身的內在律動的自由表達。筆者也特別關注散文文體外在形式的自由。散文這種文體的格式就是沒有格式，它的規矩就是沒有規矩。當與意義結合起來研究時，文體的這一特徵更有了特殊意義。正是在無法之法中，散文體現了最大的自由。任何試圖對散文文體進行格式化的努力，都是對散文的束縛，其結果必然限制其發展。因此，筆者對文體形式的感受和分析也不是純操作層面的，而更多關注這種自由的表達形式與自由的心態的重要關係。當把散文文體自由提升到一個哲理層面來認識時，它就不僅僅是一個形式問題。筆者在對散文進行縱向考察時，清晰地感到，五、六十年代散文在形式上的一個大缺憾，是將「形散神不散」作為一種規範化的構架。這「形」即是作品所用的材料，「神」即是那根思想的「紅線」。無論作者寫什麼，都要用思想的線串起來，而這根思想的線即是著眼於國家大事，寫當時的時代主題，為時代唱頌歌。這樣，許多題材被排斥在外，「五四」以來「所謂『宇宙之大，蒼蠅之微』，無一不可入我範圍」（林語堂語）的散文傳統為

單調的「頌歌」所取代，形式上也日趨格式化。當考察新時期以來的散文時，筆者看到在散文形式方面的發展和變化。尤其肯定了一批學者在反對散文的格式化，提倡自由的創作形式方面所做出的認真探討。更展示了多元的時代自由的形式給散文帶來的新的生機。

在對散文發展的現狀和前景進行分析和展望時，筆者從讀者閱讀的角度進一步強調自由的創作狀態，色彩紛呈的作品和無拘無束的創作形式使散文在市場經濟的條件下獲得發展的機遇和條件。同時，對自由的更高品味、更高格調的追求是散文的前景之所在，若沒有這種自覺，「散文熱”很快就會過去，隨之而來的是新的寂寞和冷清。

自由是人類永存的、最值得珍視的精神內容，表現世界、表現自己，最終都是為了表現對更高層次的自由的渴望與追求。正是從這個意義上說，筆者對散文發展中的自由精神的關注就執著地表現了一種人文理想。

李曉虹

2004 年 12 月

目 次

總 序 ／宋如珊 i

序 言 iii

第 一 章 散文的文類發展與當代走向 1

　一、散文文類：排他性與藝術難題 3

　二、廣義散文與狹義散文的意義 11

　三、現當代散文文類走向 14

第 二 章 詩情、模式與藝術悖論 23

　一、「十七年」散文的藝術趨向 23

　二、楊朔、秦牧、劉白羽的創作及其所代表的
　　　審美傾向 33

　三、冰心、曹靖華、吳伯簫等作家散文創作的
　　　藝術追求 59

第 二 章　多元複調時代與藝術共生局面的形成⋯⋯⋯⋯⋯ 83

　　一、新時期散文的人文背景⋯⋯⋯⋯⋯⋯⋯⋯⋯⋯ 83

　　二、新時期散文的發展歷程⋯⋯⋯⋯⋯⋯⋯⋯⋯⋯ 85

　　三、新時期散文的審美形態⋯⋯⋯⋯⋯⋯⋯⋯⋯⋯ 91

第 四 章　回憶反思　體味人生⋯⋯⋯⋯⋯⋯⋯⋯⋯⋯⋯ 101

　　一、巴金：清算歷史性荒謬，反思知識份子的

　　　　精神史⋯⋯⋯⋯⋯⋯⋯⋯⋯⋯⋯⋯⋯⋯⋯⋯ 102

　　二、孫犁：內化詩情，平實中寫盡人事滄桑⋯⋯ 110

　　三、其他作家的回憶反思性作品⋯⋯⋯⋯⋯⋯⋯ 115

第 五 章　歷史文化與哲思理趣⋯⋯⋯⋯⋯⋯⋯⋯⋯⋯⋯ 123

　　一、余秋雨：知識份子文化人格的歷史反省⋯⋯ 124

　　二、王充閭：歷史長河中的人性批判⋯⋯⋯⋯⋯ 129

　　三、史鐵生：超越生命的限度⋯⋯⋯⋯⋯⋯⋯⋯ 136

　　四、周國平：詩化哲學與人生理趣⋯⋯⋯⋯⋯⋯ 141

第 六 章　鄉土與家園⋯⋯⋯⋯⋯⋯⋯⋯⋯⋯⋯⋯⋯⋯⋯ 147

　　一、西部寓意世界的探尋⋯⋯⋯⋯⋯⋯⋯⋯⋯⋯ 148

　　二、鄉土情結與家園意識⋯⋯⋯⋯⋯⋯⋯⋯⋯⋯ 163

第 七 章　女性生命意識的醉與醒 181

　　　一、紛繁的女性世界與女性散文....................... 181

　　　二、女性生命意識的醉與醒....................... 185

　　　三、豐富的生命姿態................................ 196

第 八 章　散文：一個未完成的話題 207

　　　一、林非：構建散文理論體系................. 208

　　　二、關於「大散文」和「淨化散文」的討論.....214

　　　三、北大散文論壇提出的散文問題....................218

後　　記 231

參考書目 233

第一章

散文的文類發展與當代走向

　　任何一種文學樣式的發展都是一個動態的歷史過程，其中包孕著豐富的文化內涵、文體自身的發展變化及社會閱讀對其產生的制約和影響。走進這個過程，就是走進了一個紛繁的世界。這個世界是自足的，又是開放的。一方面，它以文體自身獨特的藝術面貌、審美功能顯示其生命力，即文體自身的巨大傳承能力，另一方面，又以其存在本身作為論證，展示它的去路，即這種文體進一步發展的潛在可能性。而恰恰是在這裏，文學研究的理論意義充分顯現出來。

　　中國大陸當代散文從 1949 年至今，已走過近半個世紀的歷程。在中國散文發展史上，半個世紀是短暫的，但由於它處在歷史、文化發展的關節點上，處在中國社會經濟文化發生巨變的特殊歷史時刻，它的演進過程反映了社會歷史文化變遷的影響，文體自身的發展變化中顯現的獨特藝術面貌和多元的發展趨勢，變革時期的時間定位又使這一階段的散文蘊含著遠比它自身豐富得多的歷史內容。對這種蘊含的開掘既具有審美意義，也具有文化意義。歷史永遠是一本敞開的書，對歷史的理解展開的是現代人豐富的精神世界。當我

們在瞭解過去的基礎上獲得了對當下生活更清醒的認識和把握，我們實際上是獲得了對現實的更深入、更切入實質的理解，而理解正是構成人的存在的一種基本狀態與方式。

存在本身往往高於對存在的論證。散文作為一種歷史悠久、創作數量頗豐的文體在文學史上大量存在著，以它的經久不衰的發展證明著自己的藝術生命力。在大陸當代文學發展中，儘管在小說、戲劇、詩歌等文體曾經轟動一時的時候，散文保持著它相對沈寂的狀態，但畢竟它也有著自己引人注目的藝術成就和足以與其他文體比肩的創作數量。它也曾有過幾度興盛和繁榮，擁有一支數量可觀的創作隊伍和眾多讀者。最值得關注的是，1990 年代以來，在市場經濟的大潮中，通俗文化以壓倒的優勢佔據了文化市場，文學面臨著最嚴峻的挑戰，小說、詩歌、戲劇等各種文學樣式都逐漸面臨冷寂的局面，並且在這種狀態中顯得束手無策。而散文這個被稱為現代文學中唯一存活的「古典」的文體卻獨自走紅了。人數眾多的創作隊伍、數量頗豐的作品，龐大的讀者群，構成了散文最壯觀的局面。散文的走紅，作為一個包蘊著不同層面的內容的問題被提出來了。

任何一種形成潮流的東西，它背後的蘊含量都不會太少。無論這種潮流以怎樣的形式表現，也必然有隱匿其後的值得探究的原因。作為一種文學樣式，散文成為創作和閱讀的熱點，必然有其深刻的緣由。這些緣由可以從多方面加以探究。然而事實上，當代散文理論建設是不完善的。多數的散文研究停留在對作家作品的個案微觀分析上，而缺少對當代散文藝術發展面貌的宏觀描述，也缺少系統的理論建構。

　　文體理論的匱乏在一定程度上限制了散文的發展。在當代各文體發展研究的平行比較中,特別是在當前文化發展的背景下,散文理論研究的被動性突出地反映出來。因此,加強散文理論研究,對當代散文發展做一宏觀描述,不僅是文體自身發展的需要,也是當前文化發展對理論研究提出的歷史性要求。

一、散文文類:排他性與藝術難題

　　研究中國當代散文史,需要澄清散文的文類概念問題,即界定散文是什麼。而這樣一個在小說、戲劇、詩歌等文體中都有著基本確定和相對穩定的內質的問題,在散文領域卻始終是一個難題。可以說,在各種文學樣式中,散文是包容性最強、內涵最不確定的文體。就各種文體的演化過程而言,散文又是發展變化最為明顯、文體淨化的任務最為艱巨的文體。散文作為一種文類,孕育了其他的文體,從前,它孕育過戲劇、小說之類,後來,它孕育了報告文學等文學樣式,當這些文體逐漸成熟之後,它們有了自己的發展方向,而與散文分離了。而在這個分離的過程中,散文的文體意識也逐漸自覺,它不再滿足於僅僅作為其他文體的後備而消極地存在,而是逐漸走著一條文體淨化的道路。

　　在各種文體中,散文是最缺少規範、最簡單、也最難把握的。散文的文類概念,與其說是一種理論規範,不如說是

在作家創作的基礎上，在漫長的文學發展演化的過程中形成的一種約定俗成、邊界並不十分清晰、內涵也不十分確定的文學樣式。歷史文類學與邏輯文類學的矛盾在散文的文體研究中突出地表現著，而對歷史的描述遠遠高於對其共時的、邏輯的起點的探尋；排他性的文體界定使每一個具體的文本有了極大的自由度和主動性，但同時也使文類研究陷於被動。正是從這個意義上，我們可以說，散文是難的。

（一）關於文類

　　文學作品的不同樣式具體為文類。文類的多樣性，反映了文學把握現實方式的多樣性，而每一種體裁，又都表現為一種獨特的形式結構的審美統一體。有了這個審美統一體，作品便有了內在與外在的統一形式，從而把作品內容物質化，使之有了特定的樣態和格局，使一種樣式區別於另一種樣式，而有了規範和傳統。因此，就其本性而言，文類「反映了文學發展的最穩固的，『經久不衰』傾向」。[1]一種文學類型一經固定下來，便有了範式意義，成為一種帶有規範性和自覺性的藝術選擇。

　　文類研究是文學內部規律研究的重要方面，近年來，隨著對文學發展的內在機制、存在方式、內容與形式的關係等影響文學自身發展的諸多因素的日趨重視，文類研究的重要意義也日益顯現出來。將文類研究的方法引入散文研究，可以為散文發展提供重要的新思路。

---

[1]　巴赫金：《陀斯妥耶夫斯基詩學問題》156 頁，三聯書店，1988 年版。

　　劉勰曾說：「夫情致異區，文變殊術。莫不因情立體，即體成勢也。……圓者規體，其勢也自轉；方者矩形，其勢也自安。文章體勢如斯而已」。[2]他強調了「情」與「體」的關係，強調了文體研究中內容與形式的聯繫。在散文中，表達的方式總是與表達的內容有著最直接的關係，作為一種自由度很大的創作形態，散文本身的多樣狀態即與內容直接相關，因此，散文的文類研究，應當是從內容與形式的結合上進行的。文學史常以文類演變的形式表現出來。一部文學史往往如法國學者伯品納吉埃爾所說，是一部「種類的進化史」。[3]在散文發展中，我們尤其感到文類的演變史是散文的發展進化史，散文在漫長的演化過程中，一方面，保持並不斷突出了其最基本的特質，另一方面，它顯示了從廣義到狹義、從一種包孕著除韻文之外的一切文學形式的文學母體經過不斷地分化，而逐漸成為有著獨特內蘊的相對嚴格的文體。而在這個文類演化過程中，清晰地留著歷史發展的印迹。

（二）散文：悖論與可能性

　　散文文類發展中存在著歷史與邏輯、歷時與共時研究的矛盾，存在著對於其內在規定性的認識是否有效、是否合理的驗證的難度，存在著因為缺少規範而難以把握的困難。但作為一種文學樣式，它必然具有在一定的歷史背景上，逐步

---

[2]　劉勰：《文心雕龍‧定勢》。
[3]　轉引自克羅齊：《作為表現的科學和一般語言學的美學的歷史》，中國社會科學出版社，1984 年，第 285 頁。

形成的帶有共性的審美風範和藝術格局。更重要的是，在文類的演進過程中，散文發展有著明顯的趨向，即由極其寬泛、有著極人的包容性與不確定性的文體向逐漸有了相對明確的文體限定和較為明確的內在規定性發展的趨勢，換言之，中國散文從廣義到狹義的演變過程連接著一部漫長的文學史，在這個過程中，文類發展的一個重要傾向便是不斷剔除雜類，以其本質特徵來規範文體，淨化文體，使之在文類特徵被不斷強化、不斷自覺維護與發展的自覺努力中，獲得新的藝術生命。

可以說，在散文的發展中，歷史的把握較之邏輯的證明更為重要，作為一個處在自在狀態的文體，恰恰是在這裏，反映了散文的文體特點，也反映了文體研究的難度。

（三）排他性的文體界定

在文學的幾種主樣式中，小說、詩歌、戲劇等文體都有較為嚴格的體裁限定，有其較為明確的形式特點。而在對這些文體的特徵進行界定時，都是從正面闡述其「是什麼」，也就是說，是直接切入文體自身所具有的特徵及其內在規定性，加以概括論證。與戲劇、詩歌、小說等幾種文體明顯不同，散文在「是什麼」這個基本問題上便發生了困難。

散文的文體界定在很大程度上，是借助排他法來進行的，這首先表現了它的困難。在對散文的體裁域界進行闡述時，常可以看到這樣的文字：

《大英百科全書》在「散文」條目的詮釋裏寫道：

給非小說性散文下文學定義，是一項具有很大挑戰性
的任務。

很明顯，非小說性散文作為一個無限廣闊、多樣的文
學領域，是不能以任何單一的內容、技巧或風格概括
其特性的。它的定義只能規定得很鬆弛，以它不是（詩
歌、小說、戲劇）來表示。

法國作家福樓拜認為，散文是個「可詛咒的、無論如何也不
能定型的、沒有形狀的東西」。[4]

在中國，關於散文是什麼，也有許多探討：
現代中國作家梁實秋說：

散文是沒有一定的格式的，是最自由的，同時也是最
不容易處置，因為一個人的人格思想，在散文裏絕無
隱飾的可能，提起筆來便把作者的整個的性格纖毫畢
現的表示出來。在韻文裏，格式是有一定的，韻法也
是有準則的，無論你有沒有什麼高深的詩意，只消按
照規律填湊起來，平平仄仄一東二冬的敷衍上去，看
的時候行列整齊，讀的時候聲調鏗鏘，至少在外表上
比較容易遮醜。散文便不然。[5]

---

4 轉引自蘇聯作家康・巴烏斯托夫斯基：《金薔薇》133 頁。
5 梁實秋：《論散文》，《新月》第 1 卷第 8 號，1928 年 10 月 10 日。

郁達夫在概括散文特徵時說：

> 散文既經由我們決定是與韻文對立的文體，那麼第一個消極的條件，當然是沒有韻的文章。所謂韻者，係文字音韻上的性質與規約，……但在散文裏，這些就都可以不管了，尤其是頭韻腳韻和那些所謂洽韻的玩意兒。……我們的散文，只能約略的說，是 Prose 的譯名，和 Essays 有些相像，係除小說、戲劇之外的一種文體。[6]

朱光潛說：

> 「小品文」向來沒有定義，有人說它相當於西方的 essay。這個字的原義是「嘗試」，或許較恰當的譯名是「試筆」。凡是一時興到，偶書所見的文字都可以叫做「試筆」。這一類文字在西方有時是發揮思想，有時是抒寫情趣，也有時是敘述故事。中文的「小品文」似乎義涵較廣，凡是篇幅較短，性質不甚嚴重，起於一時興會的文學似乎都屬於小品文，所以書信遊記書序語錄以至於雜感都包含在內。如果照這樣看，中國書屬於「集」部的散文可以說大部分都是小品文。從漢朝以後，中國文人大部分都在這種小品文上面做工夫。現在一般人特別推尊小品文，也可以說是沿襲中國數千年來的一種舊風尚。[7]

---

[6]　郁達夫：《中國新文學大系・散文二集・導言》，良友出版社，1935年8月初版。

[7]　朱光潛：《我與文學及其它・論小品文》。

葛琴說：

> 散文的體裁，並無嚴格規定，舉凡日記、書箚、遊記、
> 隨感、悼念文、人物志、風土志等，只要是以抒發作
> 者的對真實事物的情感與思想為主的，都可歸入於散
> 文之列。[8]

李廣田說：

> 散文的特點就是「散」。「散」的解釋很多。從散漫、
> 散亂、鬆散、蕭散等等，都是散，究竟哪一個是散文
> 的散呢？很難說，也許合起這許多意思來就恰到好
> 處，因為從這些字義上看，是既可以見出散文的長
> 處，也可以見出散文的短處。它的長處大概在於自然
> 有致，而無矜持的痕迹。它的短處卻常常在於東拉西
> 扯，沒有完整的體勢。自然，這都是比較的看法，尤
> 其是把散文和詩歌小說互相比較的時候顯得更清楚
> 些。[9]

　　當代文藝理論教科書指出：散文「是指除詩歌、小說、
戲劇文學之外的其他文學體裁，它的範圍很廣。」[10]
　　從上述論家的分析中可見，散文確實是最缺少規範、最
簡單、也最難把握的一種文體。作者的主體因素在這裏占了
極其重要的位置，散文的文類概念，與其說是一種理論規

8　葛琴：《略談散文》，《文學批評》創刊號，1942 年 9 月。
9　李廣田：《文學枝葉・談散文》，1948 年，益智出版社。
10　劉叔成：《文學概論四十講》。

範，不如說是在作家創作的基礎上形成的一種約定俗成、邊
界並不十分清晰、內涵也不十分確定的東西，也就是說，在
散文的體式中，作家的個人努力往往對文體的內在定性有著
較之其他文體重要得多的作用。換言之，散文的文體形式是
在作家的創作實踐中逐漸被創造，而且永遠被創造。當然，
任何一種文體的發展過程也是一個創造發展的過程，但沒有
哪一種文體，在文類創造中文本本身會有如此的主動性。正
是這種不確定性決定了散文較之其他文學體裁的最大自由
度，同時也決定了它的難度。既是創作的難度，也是評論的
難度。難度恰恰在於它的缺少範式。

　　但畢竟，散文是由混沌不清的概念和其巨大的包容性向
內涵逐漸清晰，文體逐步淨化的方向演進。正是在這個演進
過程中，散文不斷發展成熟，其內涵也逐漸明晰起來。

　　散文要真正獲得創作的乃至理論的自覺，就必須有較為
嚴格的文體限定，有文體淨化的可能和態勢。散文的文體淨
化並不在於它不斷地有了結構與秩序的規範，它的文類優勢
恰恰在於它較之其他文體有著最大的創作自由度，正是因為
創作上的高度自由，使散文在表現心靈方面有了最廣闊的天
地，成為所有文學門類中最見至情的文字。然而，文體寫作
的自由並不意味著失去審美規範，這個規範使它由一種包容
性極強的邊界不確定的文體逐漸轉變為文體特徵不斷明
晰、不斷強化、文體意識不斷自覺的文體。在這一發展變化
的過程中，散文不斷剔除雜類，獲得了新的藝術生命。

二、廣義散文與狹義散文的意義

如前所述，散文與其說是一個在共時研究基礎上確立的文類概念，不如說是在長期的發展演化過程中形成的一種文學現象的歷時性總結，從廣義到狹義的文類界定，連接著一部漫長的散文史，而在這一過程中，反映著深廣的哲學背景和理性內容。

（一）古代散文：排他性的文體特徵

較之其他文體，中國散文的文類研究面臨著更大難度。它不僅具有各種文體所共同存在的分類的困難，而且它在幾千年的演進中，始終沒能擺脫極大的包容性和不確定性的特點。在歷史與邏輯之間，它所面臨的不僅僅是在歷史的演進中對原有文體理論進行修正、完善的問題，而且有著重大的建設的任務。

散文是文學中的一個大家族。在中國，它有悠長的發展歷史，有豐碩的成果，它的獨特性在於，它本身有著極大的包容性，同時又有極大的不確定性。它的文體樣式往往要通過排它性來加以確證。如我們常常可以看到這樣的文字：散文是與韻文相對的文體；散文是指除詩歌、小說、戲劇文學之外的其他文學體裁，它的範圍很廣。事實上，廣義散文和狹義散文之間既有開闊的空間域界又連接著一部漫長的散文史，記錄著文體演化的漫長過程，至今仍未改變它自身的這種不確定性。

　　散文與韻文的區分，是散文文類劃分中最早的方式。「非韻文即散文」，後來逐漸發展為「非韻非駢即散文」都是十分寬泛、模糊的概念。它包容了純文學、亞文學、甚至非文學等多種層次和多種體裁的文本，是在社會分式還不夠精細時，帶有必然性的一種文類劃分。

　　我國自先秦起對文類就有了最初的認識。《詩經》和《尚書》可以看作是我國最早的詩歌總集和散文集。兩個文集的編纂已說明人們開始認識到詩歌與散文的不同。之後，漢代班固的《漢書‧藝文志》，魏晉南北朝時期曹丕的《典論‧論文》，陸機《文賦》，劉勰的《文心雕龍》，都做了文章分類的努力，劉勰之後，文類論述愈見繁複，到明代，分類之多，已使人無所適從。直到清姚鼐《古文辭類纂》，才刪繁就簡，總括眾體，而將文章歸之為十三類，即：論辯、序跋、奏議、書說、贈序、詔令、傳狀、碑誌、雜記、箴銘、頌贊、辭賦、哀祭。其中明顯接近於抒情文體的是頌贊、辭賦和哀祭。但這三類作品大多仍與應用文章混在一起，並不只限於純粹的抒情散文。其他十類，除了論辯、奏議、詔令屬於說理散文外，其他文類都是兼有敘事、說理、言情的特性。

　　總之，從先秦到清代，人們一直在做著為文章分類的探討。而且，這些分類基本呈現了從廣義到狹義，由簡趨繁、由粗趨精、由寬到窄的趨勢。這樣就使以「排他性」界定的文體有了走向文體發展的藝術自覺的可能。

（二）廣義散文與狹義散文的意義

　　廣義散文概念的確立，奠定了中國散文史寬闊宏大的基礎，使散文成為中國文學發展中一個成就顯著的領域。從《左傳》、《國語》、《戰國策》，司馬遷的《史記》，再到魏晉文章、「唐宋八大家」提倡的古文運動，使集議論、敘事與抒情三者於一身的廣義散文對後世產生了重大影響。它跟整個文化史發展過程中分工的程度與狀況具有密切的關係。中國古代文化由於與科學較不發達的農業文明緊密聯繫在一起，由於文化學術的分工還不細密，因此，長期存在著文史哲不分家的局面，只有在近代工業文明基礎上出現了高度發達的科學思想和方法論，才使得文化學術的分類愈趨細密。還由於隨著個性得到張揚而產生的自覺的文學意識的成長，才會產生側重於抒發內心情感與表現美麗的文采的狹義散文的強烈要求。逐步形成自由自在抒發自己情感與思想的散文文體的傳統，像這樣在非文學性的廣義散文中間包括各種文學性的因素，並且逐步走向狹義散文的極致，無疑是散文本身發展的全部歷程所表現出來的必然規律。在所有隸屬於廣義散文的眾多篇章中，富有抒情意味和優美文采的狹義散文，從散文文體的角度而言，自然是其中最具文學性質和藝術價值的部分。

　　狹義散文以抒情性為側重，融合形象的敘事與精闢的議論，而廣義散文則以議論性和敘事性為側重，在不同程度上融會抒情性。這二者在「五四」之後都得到了極大的發展，就狹義散文領域而言有小品、隨筆、遊記、日記、書信這些

體裁，就廣義散文領域而言有雜文、政論、學術小品、序跋、
回憶錄、人物特寫、報告文學、傳記文學這些體裁。

　　如果說廣義散文由於充分發揮了這種文體的觸角，因而
使它具有強大和牢固的生命力，可以給予狹義散文深厚和肥
沃的思想土壤，使它得以欣欣向榮滋生的話，那麼狹義散文
由於自己最富有抒情性與文采的特點，從而大大影響和提高
了對廣義散文藝術水準的要求，這樣就有可能使它更為自然
流暢和搖曳生姿，用內心的激情去撼動讀者的心弦。從不同
的程度和側面達到散文寫作的極致。

三、現當代散文文類走向

　　任何一種嚴格意義上的文類都不可能是完全處於無序狀
態的包羅萬象的東西。事實上，散文在其發展中，也分明顯示
著文體意識不斷自覺、文類淨化成為必然的趨勢。尤其是在現
當代，文類意識的自覺與否，對散文的發展產生著直接影響。

（一）人的自覺與小品散文的勃興

　　發端於「五四」時期的現代散文，和其他文體一樣，在
語言上進行了從文言到白話的革命，並且取得了顯著成果。
「散文小品的成功，幾乎在小說戲曲和詩歌之上」。[11]這種

---

[11]　魯迅：《南腔北調集‧小品文的危機》。

成功是藝術上的，更是思想觀念、人文精神上的。在一個「王
綱解紐」的時代，思想解放的最大標誌是「人」的發現。這
種解放和「發現」是全方位的，它不僅表現在「性靈」的充
分抒寫和「真」情的大膽宣洩，表現在思想內容上對傳統的
批判和否定，也表現在文體的革命上。

現代散文從它一起步，便帶著明顯的文體史的意義。二
十年代是抒情性的小品文、隨感錄式的雜文與初見成就的報
告文學並舉的時期。這種局面的形成與啟蒙主義時代對創作
自由的倡導有著直接的關係。它直接受到歐洲近代以來啟蒙
主義思想的影響。

歐洲的啟蒙運動是一場實質性的思想革命，它是人類文
明史上最重要的一次精神反省，在對中世紀精神長夜的反思
中，人第一次發現了自身，感受到自己不是上帝的奴僕，或
者是誰的附庸，人是自己的主人。

而啟蒙思想家確定這一點的全部依據即在於：人是有理
性的存在者。換言之，理性使人成了獨立的人，能夠主宰自
己的人，自由的人。啟蒙主義正是從這裏照亮了世界的真
相：本來就沒有救世主，世界本來就不存在高高在上，主宰
一切的上帝。上帝與其說是一個精神統治者，不如說是人類
的道德榜樣，是我們從理性出發，為了維護道德行為的一種
必要的設定。

正是從「人是有理性的」這一點出發，啟蒙主義者倡導
揭去蒙蔽，去偽存真，讓理性照亮人的精神天地，以理性來
確定人的合法身份。

西方的啟蒙思想強烈地震撼了中國一些先覺的智識者

的心靈。他們在啟蒙思想的衝擊下，強烈地感受到，中國文化需要清理，需要變革。這種變革不僅直接在思想界主張，而且，在文學方面做出了突出反映。郁達夫說：「五四運動的最大的成功，第一要算『個人』的發見。從前的人，是為君而存在，為道而存在，為父母而存在的，現在的人才曉得為自我而存在了。……以這一種覺醒的思想為中心，更以打破了械梏之後的文字為體用，現代的散文，就滋長起來了。」他接著談到這種觀念的改變在散文中的反映，「現代的散文之最大特徵，是每一個作家的每一篇散文裏所表現的個性，比從前的任何散文都來得強。」[12]

這樣一種思想境界，直接作用於現代散文的文體發展。就散文的亞範式而言，以議論為主的雜文和抒情性的小品散文並舉，報告文學起步，形成了現代散文發展最初的聲勢。

以議論為主的雜文是適應思想革命、文學革命、社會革命的要求應運而生的，它成為現代散文史上第一隻報春的雛燕。《新青年》、《每周評論》上發表了大量雜文，它們長短不一、形式多樣。其中，陳獨秀、李大釗、錢玄同、劉半農、魯迅、周作人的雜文創作對於推動思想革命的深入發展起到重要作用。

在「五四」和二十年代，成就最突出的是抒情性的小品散文。由於作家們卓然的努力，使小品文有了豐厚的收穫。當時，有周作人等人提出「美文」、「言志」等主張，有魯迅、郁達夫、冰心、朱自清、俞平伯、許地山、葉紹鈞、徐

---

[12]　郁達夫：《中國新文學大系·散文二集·導言》，良友出版社，1935年8月初版。

志摩等一大批作家以各自獨特的藝術風格匯成了異彩紛呈的散文文苑。以高揚的個性，率真的感情，通脫的風格，各具特色的語言風格，共同匯聚了一個小品文蓬勃發展的藝術局面。同時也為把最具有文學意味的散文從廣義散文的大家族中分離出來做了最切實的努力。

魯迅是現代文學史上最深刻的作家，他的《野草》是一位深刻的思想者以獨有的敏銳感受自己的心靈痛苦的內心獨白，是精神在煉獄中承受酷刑的感覺，是背負著民族的精神重擔的「掙扎」，是「衝出」舊思想樊籬，建構以「立人」為核心的文化哲學的藝術表達，作品中的種種意象展示出作家所經歷的內心深處的思想風暴，而他複雜的個體生命體驗有著人類文化的普遍意義和深刻的歷史文化淵源，因此，這種藝術的表達方式所展示的就絕不僅僅是個人的思想苦悶，而是在探求中國社會和民族自身解放的道路上一種有深度的藝術建構，是一個在傳統與現代、東方與西方的碰撞中進行痛苦思考的靈魂的剖白。正是在這種深刻的內心自省中形成的藝術自覺，使魯迅的《野草》表現了審美性與歷史性的視界融合，使之具有了時空上的超越性。

值得注意的是，在以魯迅為代表的一批散文家致力於深度追求的同時，周作人等人對「閒適」情緒的著意表現同樣有著深層的文化蘊含。

「閒適」是一種超然的古典境界，是安靜平和、追求優雅的文人精神的體驗。而周作人等人對悠閒生活的渴望和對知識及文化的即興化的表述卻不能簡單地理解為一種對現實人生的迴避和逃遁，其中也存有文化的深意。由於這種「閒

適」產生於「現代性」的背景之下，是以「個人的發現」，
「個人」意識的覺醒為前提，它所顯現的是一種自由書寫內
心情感的願望，是一種以「表現」為特徵的浪漫情懷。事實
上，閒適散文是作為對個人自由的發現與呼喚的一部分存在
的。它同樣表現了抒情的、個人的方向。在周作人、林語堂
等人的散文中，始終自覺表現著個人主體意識。在看似乘興
而作的對生活瑣事悠然而恬淡的娓娓敘述中，卻往往加入對
社會生活的評判和詰問，在對日常生活的關注中滲透一種對
「意義」的追尋和具有現代性的深度。它使個人主體的趣味
性和獨立性得以進一步的確認，是對傳統文化的背離和反
叛，而當這種主體意旨以平易、細緻的白話文加以表現時，
就更具有了現代歷史內容和審美意蘊。

（二）散文亞範式的置換及其內在原因

三十年代，隨著社會政治生活的巨大變化，階級矛盾和
民族矛盾的日益突出，以抒情為主的小品文就逐漸讓位於具
有批判性和戰鬥性的雜文。這是由於以抒發內在情感、表現
心靈、表現作家的主觀藝術感受為主的小品文在一個需要激
情，需要革命和破壞精神的時代，雖然在本質上同步，但畢
竟，它不能像隨感和在此之後發展起來的雜文那樣，最直接
地展露批判鋒芒，以「匕首」和「投槍」的姿態，與讀者「一
同殺出一條生存的血路」。

　　這一時期，魯迅寫了《小品文的危機》，聲明在「風沙撲面」，「狼虎成群」的時代，需要的是「聳立於風沙中的大建築，要堅固而偉大，不必怎樣精」，「所要的也是匕首和投槍，要鋒利而切實，用不著什麼雅」。在魯迅的倡導和實踐引導下，雜文取得豐碩成果。但與此同時，保存著抒情散文內質的小品文卻逐漸式微。儘管，小品文的概念仍在使用，但其內容已經有了根本性的改變，變成了對雜文的另一稱呼。魯迅在《小品文的危機》中提出，以「生存的小品文，必須是匕首，是投槍，能和讀者一同殺出一條生存的血路的東西」。實際上是提出了雜文的要求。唐弢則更直接地說：「我的所謂小品文，其實就是現在一般人所渾稱的雜文」。[13]就是說，有著抒情意味的小品文的概念被雜文取代了。換言之，雜文的興起，是與抒情散文的削弱同時發生的。

　　四十年代，散文向敘事為主的通訊、報告文學轉向，那些以抒發個人情感為主的作品已經少見。它反映了現實鬥爭不僅影響著創作的內容，也直接影響著文類興衰變化。這種變化說明，在大散文概念的涵蓋下，散文文體發生著亞範式之間的替換。這種替換不是以文體發展的自身規律為依據的，而是社會政治鬥爭對文體選擇的結果。這種結果一方面使散文的不同的亞範式都得到了充分表演展示的機會，使雜文、報告文學這些文體得到了發展的條件和可能性，但同時，這種發展的機遇卻是以最充分表現散文自身藝術特徵的抒情散文的衰落為代價的。它並非是以文體的自覺意識為前

---

[13] 唐弢：《小品文拉雜談》，引自《小品文與漫畫》，生活書店，1935年3月。

導，以各種散文亞範式並存為其基本狀態，而是根據時代的
發展從外在的需要做出的選擇。

　　這種發展軌迹為其他一些相對成熟的散文亞範式脫離
「大散文」母體做了必要的努力，這是有益的。但是，以其
他的準散文形態取代了最體現散文本體特徵的抒情性散
文，這無疑是散文發展中的一大遺憾，它對後來的散文發展
也造成了極人影響。

（三）抒情散文的歸一與個性弱化

　　從 1949 年至 1966 年的十七年間，抒情散文得到了發
展，但它的發展是極有限的。首先表現在散文發展的階段
上，只有在五十年代中期以後的兩三年和六一年至六二年的
短暫時間內，散文有過兩次興盛。理論上的探討也為其發展
增添了一些理性色彩。但時間的短暫和歌功頌德的內容限定
使散文的發展受到了很大限制。其次，在抒情散文的發展
中，「詩化散文」的主張對散文的藝術內質形成一種統一規
範，甚至形成了近乎格式化的三段式，而「時代頌歌」的精
神主調又使作品在內容上顯得矯情。總之，十七年的藝術散
文走了一條並不十分藝術的道路。創作雖然有成就，有成功
的作家作品，但因為其沒有思想解放的人文背景，沒有開放
的文化環境。在大一統的時代條件下，作家在思想上不能獨
立思考，言必己出，形式上也不能博採眾長、自由創新，這
對於散文這種以抒發個人主觀感情為主的文體，是致命的束
縛。所以，心靈的不自由導致創作從內容到形式的僵化，以

至到「文革」期間，發展到極致。散文的變革勢在必行。

（四）多元共生與精神上的自由發展

1976 年粉碎「四人幫」之後，文學發展進入一個新階段，從數量到質量上較之十七年都有了極大的提高，呈現了多元共生的發展樣態，出現了一大批新作家，新作品。尤其是九十年代以來，在市場經濟的衝擊下，嚴肅文學空前蕭條的時候，藝術散文卻突然熱起來，其聲勢之大，使評論界始料不及。

綜上所述，在散文發展過程中，無論是歷史的還是邏輯的考察，都可以看到這樣的趨勢，即散文必須有獨立的品格和自覺的文體意識，才可能在歷史演進中得到新的發展。而散文又是一種十分自由的、缺少形式規範的文體，它的文體特質往往要取決於其內在規定性，即以散文的本體特徵為依據，也為其藝術追求。這是一個邏輯的起點也是歸宿，正是在這個起點和歸宿上，散文的文體淨化成為可能。

第二章

詩情、模式與藝術悖論

一、「十七年」散文的藝術趨向

　　1949 年至 1966 年，是中華人民共和國成立之後一個重要的歷史階段，習慣上稱之為「十七年」。「十七年」的散文起起落落，打上了鮮明的時代烙印。

　　這一時期散文創作在審美上的特點主要表現為單一維面的審美建構和單向度的傳統藝術回歸。

（一）選材上，以「時代精神」為準則

　　自四十年代以來，抒情散文藝術發生重大變化。與二三十年代相比，其最突出的問題是散文「個性」的淡化。在特殊的政治、歷史、地理環境裏產生的「解放區散文」，在觀念和實踐上，都與二三十年代的散文發生了重大區別。其最明顯的總體性趨勢是：個性意識淡化，群體觀念加強。散文從「五四」時期在思想文化革命和個性解放思想啟蒙的歷史背景下產生的言個人之志，抒自我之情的內在觀照，轉為對

「時代」、「身外世界」的觀照，主觀抒情成分減弱，在社
會功利原則指導下的客觀記敍成分增強，抒情性作品讓位於
通訊特寫，即使是數量不多的抒情散文自身，也是以頌歌的
基調，理想主義的精神構成其審美格局。而「自我」這一抒
情性文體最本質的要素被忽略，甚至被排斥，這種總體性的
審美規範對當代散文產生了重要影響。

　　五十年代初的散文創作和散文觀念，基本上是「解放區
散文」觀念的延續。戰地通訊、特寫成為作家們所採用的最
普遍的方式。不僅像劉白羽、楊朔、華山等這些在延安時期
就開始寫戰地通訊、特寫的作家，又駕輕就熟地寫了一批新
的通訊、特寫，甚至連巴金、老舍等作家也寫了《生活在英
雄們中間》，《無名高地有了名》等特寫。但隨著戰爭的徹
底結束，國內大規模經濟文化建設的開始，生活對散文提出
了新的要求。人們不再滿足於對人物故事的平鋪直敍的再
觀，而是渴望從散文中獲得更多的人生感悟與美的享受，也
希望能從散文中看到日常生活的世態人性。這時，散文界已
經初步認識到「解放區散文」的審美風範與藝術格局不能滿
足現實生活中人們的審美願望。於是，人們又將目光轉向「五
四」散文。提出「復興散文」的主張。

　　然而，「復興散文」，並沒有能真正復興「五四」散文
「發見」「個人」，自由表達作家內心情感的抒情性本質特
點，而且，由於「左」的文藝觀，使一大批在二三十年代有
著突出成就的散文家如周作人、俞平伯、郁達夫、徐志摩、
梁遇春等人的作品受到冷遇，因此，儘管在當時的報刊上開
展了散文討論，擴充了散文園地，但它所產生的結果，不可

能是對「五四」時期散文創作的總體精神指向的回歸和藝術
上的豐富和發展。如果說，它產生了什麼積極的後果和影響
的話，那就是，它把人們對散文的注意從對其派生並逐漸獨
立出來的記敘性為主的通訊、特寫、報告文學的重視轉移到
了對抒情散文自身的注意。同時，藝術探索的問題開始引起
關注。

　　這一時期的散文作品在取材上多著眼於「國家大事」，通
過「時代激流的浪花」，反映時代生活面貌。劉白羽在《創作
我們時代的新散文──在上海一次創作座談會上的講話》中
說，「真正的革命作家，肩負著給文學以新的血液、新的生命
的責任。作家如果能做到這一點，那就決定於他的思想、感
情，也就是說整個心靈，與人民，與生活，與鬥爭，與時代
結合的程度。」「我們是這個偉大時代的人，唱歌要唱我們
人民的歌，要唱我們時代的歌，要唱我們人民與時代革命前
進的歌」。[1]這段話很有代表性地反映了當時有主導性的創作
傾向。唱「人民的歌」，唱「時代的歌」，「唱人民與時代
革命前進的歌」，這就是那個時代帶有主導性的主張，而且，
要求作家孜孜追求心靈「與人民，與生活，與鬥爭，與時代
結合的程度。」，多數作品寫當時的時代主題，如「歌頌艱
苦創業精神，反映窮鄉僻壤的巨變」，「緬懷與頌贊」「艱
苦歲月」，「如何發揚革命傳統，繼續艱苦奮鬥，釀造更美
好的生活，是這一時期散文的抒情樂章中的鮮明旋律。」[2]即
使「由一件小事寫起」，也要「引出一連串具有政治意義的重

---

[1]　《散文創作藝術談》，江蘇人民出版社。
[2]　參見《當代文學概觀・散文創作》，北京大學出版社，1980 年。

大事件」。在具體瑣細的事情中，「經過渲染、發揮、引申，反映出一個時代的側面，或一條革命真理」。[3]

當這種以寫時代精神為準則的創作要求被當作散文寫作的規範時，社會生活的許多側面已經被從創作中排除出去。正如秦牧所說：「我們的散文作品內容很不夠廣泛，在一些文藝刊物上登的散文，題材範圍尤其狹窄。……談天說地談得遠一點的，像知識小品、旅行記，三言兩語的偶感錄，私人的日記書簡之類，就幾乎沒有」[4]這樣，二三十年代抒情散文以個人的「親感至誠」為前提，而不「故意去寫些完全」為自己所「不知道不經驗的謊話」[5]的傳統不再能夠繼續，沒有了二三十年代散文創作的題材寬度：「所謂『宇宙之大，蒼蠅之微』，無一不可入我範圍」，「凡方寸中一種心境，一點佳意，一股牢騷，一把幽情，皆可聽其由筆端流露出來」[6]。創作題材的狹窄使生活的豐富色彩無法在散文創作中得以充分表現，而且作家所寫的也並非全是真實所見和至情所感，散文反映生活的真實性和豐富性受到直接影響。

（二）藝術構思上的「詩化現象」

在 50 年代後期至 60 年代初期，散文界興起「詩化」散

---

[3]　楊賀松：《潔比水仙幽比菊　梅香暗動骨彌堅》，《散文創作藝術談》，江蘇人民出版社。

[4]　秦牧：《散文領域海闊天空》，《筆談散文》第 8 頁，百花文藝出版社，1980 年。

[5]　郁達夫：《中國新文學大系·散文二集·導言》。

[6]　林語堂：《論小品文筆調》，《人間世》第 6 期。

文的熱潮，這一現象的出現，是對於散文審美性回歸的努力，也是對中國傳統藝術回歸的努力，這一藝術主張在當時對於散文創作的繁榮確實起到了很大作用。但它所表現的審美性的單一維面和對於傳統藝術的單向度封閉式的回歸也同時帶來了許多問題。

「詩化」散文的主張是由楊朔提出的。他在談到個人的創作體會時說，「我在寫每篇文章時，總是拿它當詩一樣寫。我向來愛詩，特別是那些久經歲月磨練的古典詩章。這些詩差不多每篇都有新鮮的意境、思想、情感、耐人尋味，而結構的嚴密，選詞用字的精練，也不容忽視。我就想：寫小說散文不能也這樣麼？於是就往這方面學，常常在尋求詩的意境。」凡是遇到「動情的事」，「我就要反覆思索，到後來往往形成我文章裏的思想意境。動筆寫時，我也不以為自己是寫散文，就可以放肆筆墨，總要像寫詩那樣，再三剪裁材料，安排佈局，推敲字句，然後寫成文章。」[7]假如這一主張僅限於一位作家對自己散文藝術追求的剖白，本不足以作為一個時代散文創作審美特點的概括，但事實上，「詩化」散文，在 50 年代末 60 年代初，已經構成散文創作的主要審美傾向；也成為散文審美評價的重要標準，而且成為一個散文家風格成熟與否的標誌；成為讀者閱讀求得認同的依據。這種狀況的產生，絕不是個人的偶然的因素所致，而有著深刻的現實背景和歷史淵源，是審美追求單純簡單化所造成的藝術後果。

---

[7] 楊朔：《東風第一枝・小跋》。

　　「詩化」是對散文創作審美追求的規範化，它即表現為審美意識的自覺，也表現為對散文創作的單一化要求，更表現為對散文自性的削弱。是頌歌體、牧歌體散文的必然選擇，是散文在當時時代條件下，向主觀抒情方向發展的唯一路徑，是對「詩化意境」、對文字華美凝煉的刻意追求。

　　中國是詩的國度，原初的詩性，滲透在中國文學的各種文體中，詩意化的追求成為千百年來中國文學家滲入骨髓的藝術自覺。這種自覺不僅表現為對詩化人生的本質追尋，也表現為在各種文體中對詩的語言、詩的意境的運用。在中國古典文學作品中，無論是小說、戲劇、還是散文，都可以找出無數的「詩」的因子。即使是在二三十年代的抒情散文中，也足可以看到許多詩的情懷，詩的意境。然而，藝術創作在發展演進的過程中，走向成熟的一個重要標誌是文體的豐富性，是各文體的獨立品格、獨立的文體意識的形成。散文向「詩」的靠攏在詩的國度中是無可避免的，它為散文藝術發展提供了一種可能性。這種散文向「詩」的借鑒和學習是自然的，但不能成為一種規範。當獨立的文體意識形成之後，它所要做的最大的努力，就不是如何使自己向其他文體靠攏，而是盡最大努力表現該文體自身的優勢。散文最大的文體優勢除了和詩歌相接近的抒情性的特點之外，還有它令詩歌望塵莫及的最大的自由度、它所設置的日常生活語境所帶來的與讀者對話的親切感，它的非虛構性的取材特點等等。當一個時代的散文創作把「詩化」作為統一的模式，作為評判作品的標準時，實際上，散文的自性便受到了很大侵害。「詩化」並非一切散文樣式的最佳的審美選擇，散文創作並

不一定以有無「白成高格」的意境為評價標準，隨感錄、散文、書簡等創作並不一定要有「意境」，不需要「當詩一樣寫」，即使是較純粹的抒情散文，也不一定要以濃縮的詩的意蘊表達作者的感情。從這個意義上講，對散文「詩化」的過分強調和追求，並非一種值得欣喜的現象。

不能否認，這一時期的散文作家在藝術上做了相當艱苦的自覺的努力，特別是 60 年代初，許多散文家面對此前相當一段時期內，散文創作在藝術上存在的那種直露、粗陋的弱點，面對散文向敘事性滑坡，而使其抒發主觀情感的特質受到影響的狀況，希望改變局面，使散文在藝術上有新的發展，其願望是積極的。但在政治功利觀念和以群體意識為核心的時代格局中，散文的使命只能被定格在為政治服務，歌頌社會生活的光明面的框架之中，於是，散文在由客觀記敘向主觀抒情轉移的時候，只能承續古代詩歌的藝術傳統，將借景抒情、托物言志，作為散文的主要構思與表現格局。

由於政治功利觀念的主導與制約，這種「意境」的追尋，就帶著極大的人為斧鑿的痕迹。借景抒情、托物言志，所「抒」之「情」，所「言」之「志」，就多為時代「大我」之情，「大我」大志，而並非完全自然從內心流淌出來的個人一己的獨特感受。如前所引楊朔所說：「凡是遇到這樣動情的事，我就要反覆思索，到後來往往形成我文章裏的思想意境」。這就是說，散文創作納入了這樣一個框架：與客觀對象遇合而動情，而後反覆思索，最終形成意境。很明顯，這裏的「意境」是「反覆思索」的結果。而這個思索的過程，顯然是要尋求「景」與「情」、「物」與「志」的契合。這個「情」

是思想感情提煉‧昇華的結果，這個「志」是時代政治精神的具體化。如楊朔的《茶花賦》，借「茶花」頌贊像「童子面茶花」一樣的「祖國」，《荔枝蜜》由蜜蜂採蜜聯想到勞動人民，《雪浪花》由在海濱所見的雲起雲飛，潮漲潮落，浪花對礁石的衝擊，聯想到千百萬勞動者齊心合力改造山河的壯舉，……由這種思路派生出來的是形式結構上的三段式：第一步，設置懸念，欲揚先抑，第二步，展開描寫，昇華思想和意境，第三步，直接點題，「卒章顯其志」。這種思路和創作格局在相當長的一段時間裏，成為抒情散文創作的模本，被廣泛推崇和運用。尤其是在中學語文教學中，成為固定的模式，成為學生學習散文創作的路子，它的影響遠遠超出了作品本身。不僅楊朔的散文如此，劉白羽的歷史逆境與現實順境交織的圖片聯綴式結構，秦牧的「引類取比」的「串珠式」結構，大都脫不出這樣的結構模式。

　　這種強化群體意識，淡化個性意識的載道文學，當它用強調「詩化」、「意境」的審美形式加以表現時，就成為一種審美格局。而且，突出地顯示了其整體性和範式特徵，在很大程度上限制了其自身優勢的發揮。更重要的是，當這種「意境」是在反覆「思索」中有意向時代政治鬥爭、社會道德規範靠攏而生硬地產生時，它實質上也就背離了意境自身所具有的本質性特點。

（三）審美層次日趨簡單化

　　與現代散文比較，「十七年」散文在文化心理結構、審

美層次及美學情趣方面，都趨於簡單化。在當時的作家隊伍中，除了冰心、巴金、葉聖陶等老作家外，大都是三、四十年代以後成長起來的作家，當他們步入文壇的時候，二十年代呈現的西方文化熱的局面已經式微，抗日救亡運動的全面開展，馬克思主義的傳播，無產階級文藝運動的勃興，這一切都促使散文家的文化心理結構發生很大變化，在這新一代作家那裏，已經很難看到由東西方文化碰撞帶來的心理的複雜狀況，及其由這種狀況而導致的創作的多元傾向。相反，在社會政治對思想統一的要求日盛的背景下，在對文藝工作者不斷進行改造和思想單純化教育的情況下，作家的心理結構日趨單一，由此帶來的是創作面貌的單一化傾向。「形散神不散」藝術主張的模式化正是這種傾向的反映。

「形散神不散」的主張是六十年代初蕭雲儒在一篇名為《形散神不散》的短文中提出來的。因為這一主張適應了當時關於文學創作必須主題集中的文藝思想，提出散文創作要「中心明確，緊湊集中」，「用自己精深的思想紅線把生活海洋中的貝殼珠粒，穿綴成閃光的項鏈。「字字璣珠，環扣主題」，[8]完全與當時的文藝主張合拍。於是，這個提法甚至出乎作者意料地廣泛流傳，成為散文創作的一個規範。

散文是一種缺少嚴格規範的文體，其文體的邊界不在於有一個共同的寫作模式，而在於以其本質特徵來規範文體的前提下，充分顯示文類自由、自在、自如的優勢。而「形散神不散」的中心是在「神」的「不散」上。即對作品的「神」

8　《筆談散文》第 335 頁，百花文藝出版社，1980 年。

有一種聚合和約定。

　　自由的散文創作應當有多種風格、多種寫法，對於散文創作具體寫作方法的討論不僅是必要的，而且是勢在必行的。所以，當有人提出散文創作要有明確而集中的主題的主張時，作為作者個人文體意識的表現，這種主張不僅是合理的，而且有其積極的建設性，它使長期以來缺少認真的散文內在規定性探討的局面得到一定程度的改變，對散文理論的發展是有益的。假如這種探討在散文創作的自由意識的指導下，以創作風格多樣化的總體精神為先導而深入展開，對於散文創作的積極意義是不容忽視的。然而，遺憾的是，作為散文創作走向繁榮的一家之說，本來應當放在文體形式方面充分展開，卻被提升到了一個規範性的高度，一個格式化的層面，成為散文創作的唯一性選擇。而且，又由於它出現在六十年代特定的政治一統化的理論背景下，它的影響和它的缺憾就同時深刻地表現出來。

　　八十年代，在關於散文的討論中，林非明確地就此問題提出看法。在一篇題為《散文創作的昨日和明日》的文章中，他談到散文創作長期以來存在的框子和格套時說，「『形散神不散』這種主張不能不形成自我封閉的框框，為什麼『神』只能『不散』呢？事實上一篇散文中的『神』，既可以明確地表現出來，也可以意在不言之中，這有時甚至比直白地說出來，還要能強烈地震盪讀者的心弦。為什麼『形』只能『散』呢？形式上十分整齊的近似詩的散文為什麼就不能寫呢？事實上這種佳篇是很多的。『形散神不散』的提法，確實是體現了當時一種比較封閉性和單一化的思想氣氛，因此才會

如此不脛而走。」[9]這段話實際上是對散文創作的文體自由度的具體展示，也是對「形散神不散」的主張的思想背景的深入分析。

「形散神不散」的主張對散文創作發生影響的時間長度遠遠超過了它所產生的時代背景，在新時期的創作中，仍舊有不少作品沿襲此路。這不僅因為藝術有其自身的相對獨立性，它的發展不可能與時代政治完全同步，還因為藝術的惰性，這種「形散神不散」的主張所形成的文體規範是對散文創作難度的弱化，模式化造成的可效仿性也成為一些批評家分析作品的易把握之處。直到八十年代後期，這種傾向才逐步得以克服。

二、楊朔、秦牧、劉白羽的創作及其所代表的審美傾向

在十七年的散文審美創造中，致力於建構審美風範，並在當時產生最大影響的是楊朔、劉白羽、秦牧。這三位散文家被視為散文創作「三大家」。楊朔散文使人感到詩情盎然，秦牧散文使人感到豐富，劉白羽散文使人感到昂揚振奮。他們的創作成為五六十年代散文創作傾向的代表，並且影響了一批作家和文學青年，為散文創作提供了一種帶有示範性的引導。對這三位散文家創作風格的具體考察，對於進一步描述十七年散文創作的基本狀況，無疑是有意義的。

---

[9]　林非：《散文的使命》24 頁，灕江出版社，1992 年。

（一）楊朔：詩情、意境與藝術悖論

　　楊朔是十七年最重要的散文家之一。他的創作對一個時期散文的發展產生了極大影響。他的作品被當作典範而贏得讚譽，並且有眾多的追隨者，成為一種被廣泛認可的創作模式。對楊朔散文研究的意義遠遠超過其作品本身的價值，而能夠引發更深廣的歷史反思。甚至可以說，楊朔的散文作為一個時代的散文創作的藝術標誌，為我們反觀這段歷史提供了非常典型的藝術標本。

　　楊朔（1913-1968），山東蓬萊人，散文家，小說家。1937 年開始走上文學創作之路。四十年代，他活躍在晉、察、冀解放區，1942 年去延安。這時他主要寫小說和報告文學等敘事性作品。50 年代初創作長篇小說《三千里江山》，成為知名作家。但在他的小說和報告文學中，已顯現出較強的抒情因素。

　　真正奠定楊朔在文學史上的地位的是他的散文創作。他的散文數量並不很多，但由於有明確的藝術追求，又在創作上盡了實際的努力，形成了自己的藝術風格，即頌歌體的格調，把散文當詩一樣寫的藝術追求，而這種風格又與當時政治一體化的社會風尚相一致，於是，楊朔的散文成為一個時代散文的代表。

　　楊朔的散文先後收在《鴨綠江南北》、《亞洲日出》、《海市》、《東風第一枝》、《生命泉》等散文集中。1978年，人民文學出版社出版了《楊朔散文選》，收入他自 1938年至 1963 年 20 多年間創作的有代表性的散文 60 篇。其中

有不少作品被選入各種版本的教材和散文選本，影響了許多愛好文學的青年。

1.頌歌體的藝術格調

　　楊朔散文的內容題材是比較廣泛的。但無論寫什麼，都是以「自有詩心如火烈，獻身不惜作塵泥」的戰士的姿態，「從生活的激流裏抓取一個人物，一種思想，一個有意義的生活片斷，迅速反映出這個時代的側影」[10]他的這一選材主旨成為特定時代藝術面貌的典型體現而被推而廣之。

　　楊朔說：「生活是一片大海，跳進去吧，跳進去吧。」[11]他確實是以極大的熱情跳進生活的海裏，捕捉其中的光點。他的作品有反映抗美援朝時期中朝友誼和志願軍鬥爭精神的，如《英雄時代》、《萬古青春》、《平常的人》等。這類作品大多還沒有擺脫紀實的寫法；有表現新中國革命和建設、描寫美麗的自然風光、歌頌勞動人民的優秀品質的，如《畫山繡水》、《海市》、《泰山極頂》、《香山紅葉》、《茶花賦》、《雪浪花》、《荔枝蜜》等。這類作品最集中地反映了他創作的思想內容和藝術追求，當人們提到「楊朔散文模式」時，首先想到的也是這些作品。楊朔還有一些反映國外生活的作品，這是作者在國外工作時的收穫。這些作品中表現了一些亞非國家優美風光，也反映了各國人民的友誼。如《印度情思》、《生命泉》、《櫻花雨》、《埃及燈》等。

---

[10]　楊朔：《〈海市〉小序》，作家出版社，1960 年。
[11]　楊朔：《投進生活的深處》。

2.拿散文「當詩一樣寫」

　　楊朔散文的最大特色是對詩意的執著追求。在藝術構思、意境創造、人物描寫、結構佈局、語言的運用等方面，都注意營造一種詩的氣氛，逐漸形成詩體散文風格。楊朔說：「我在寫每篇文章時，總是拿著當詩一樣寫」，「常常在尋求詩的意境」。[12]他認為：「好的散文就是一首詩」。[13]

　　「以詩為文」，是楊朔自覺的藝術追求。他多次這樣明確地提出，也一直在這樣實踐實踐。從構思到意境，甚至選材佈局，語言運用，處處追求著抒情詩的美學趣味。

　　他創造性地運用我國文藝傳統的藝術形式和藝術方法，力圖在散文中創造意境。在他的散文中，人、事、景物等各種材料被有機地組織起來，達到和諧的境界。他根據創造意境的需要，在藝術構思中善於借助景物寄情寫意，往往在每篇散文中綴合眾多的風景畫和風俗畫，這些畫面被意境統領起來，一一賦予了主觀抒情的色調，同時，這些畫面又進一步使作品的意境得以充分展示，形成特有的抒情基調。

　　中國古典詩詞講究「詩眼」、「詞眼」，清人劉熙載在《藝概》中說「眼乃神光所聚，故有通體之眼，有數句之眼，前前後後無不待眼光照映。」楊朔散文的詩化特徵還表現在「文眼」的設置。他的散文儘管寫得開闊，但總有一個藝術的凝光點籠罩全篇，這是作品立意的主腦、構思的骨架，作品的情韻往往由此伸發開去，形成特有的韻味和情調。

[12]　楊朔：《東風第一枝‧小跋》，作家出版社，1961 年。
[13]　楊朔：《海市‧小序》，作家出版社，1960 年。

　　他說：「不要從狹義方面來理解詩意兩個字。杏花春雨，固然有詩，鐵馬金戈的英雄氣概，更富有鼓舞人心的詩力。你在鬥爭中，勞動中，生活中，時常會有些東西觸動你的心，使你激昂，使你歡樂，使你憂愁，使你深思，這不是詩又是什麼？凡是遇到這樣動情的事，我就要反覆思索，到後來往往形成我文章裏的思想意境。」[14]

　　楊朔以詩體散文的創作實踐了自己的藝術主張，張揚了藝術個性，他嚴肅的藝術追求，奠定了他在當代散文史上的地位。但應當指出的是，寫詩化散文，是作家楊朔的苦心追求，但卻不是散文創作的唯一路徑，假如把這種藝術風格規範化、模式化，那就背離了藝術創作的多樣化追求，同時，也是對楊朔本人苦心孤詣追尋的藝術獨創性的背離。藝術家的藝術生命包蘊在創造中，可以說，創造是藝術家「生命的第一行動」，每一部優秀的文學作品都是帶有獨立意義的創造，它自身應當是一個完整的世界，它總是表現為一種向著未知領域開發的態勢，從而把讀者引入一種思考過程之中。它只有在作品中以適度的「陌生化」設計，給予讀者以一定的感覺「難度與長度」，才能引發進一步閱讀的熱望，使「作者的名字與人格才在我們的感知中起作用」[15]。一旦一種藝術結構定型化，便會把讀者引入一個已被規定的框架，那就勢必減弱主客體在新視界中遇合所帶來的心靈的創造性滿足。正是從這個意義上講，楊朔散文和由他所帶來的散文創作潮留給我們的思索的天地是很大的。

---

[14]　楊朔：《東風第一枝‧小跋》，作家出版社，1961 年。
[15]　[美]R‧C‧霍拉勃《接受理論》。

3.三段式藝術構架

　　楊朔散文在結構上也十分講究，大多不直接敘述，而用曲筆，都是「寫景——記事寫人——議論點晴」的三段式和欲揚先抑的開頭，中間轉彎，最後點題的構架。以楊朔的三大典範作品《荔枝蜜》、《茶花賦》、《雪浪花》為例，可以充分看到其散文的這種創作特色。

　　《荔枝蜜》寫「我」「變成小蜜蜂」的夢。作品開頭寫「我」對蜜蜂在感情上的「疙疙瘩瘩」，接著寫在溫泉療養院看到的荔枝林。接著，筆鋒一轉，由荔枝蜜而「動了情」，想去看看「一向不大喜歡的蜜蜂」，於是，作品把讀者帶入一個新天地，看到蜜蜂辛勤的勞作，又聽養蜂人講到蜜蜂的高尚品格，「對人無所求，給人的卻是極好的東西。」由此，作者感到：「蜜蜂是在釀蜜，又是在釀造生活；不是為自己，而是在為人類釀造最甜的生活。」作品結尾處，作者寫自己當天晚上做了一個「奇怪的夢」：「夢見自己變成一隻小蜜蜂」。這樣，作者由不喜歡小蜜蜂，到最後終於希望自己變成一隻小蜜蜂，寫了一個起伏變化的思想過程，在結構處理上極用心思。

　　《雪浪花》中，先寫海邊的潮水和浪花的壯觀景象，引出一群姑娘關於礁石的爭論，「礁石硬得跟鐵差不多，怎麼會變成這樣子？是天生的，還是鑿子鑿的，還是怎的？『是叫浪花咬的，』一個歡樂的聲音從背後插進來」，這樣，就使作品所要讚頌的老泰山登場，意味深長地說出一段表現作品主旨的話，「別看浪花小，無數浪花集到一起，心齊，又

有耐性，就是這樣咬啊咬的，咬上幾百年，幾千年，幾萬年，哪怕是鐵打的江山，也能叫它變個樣兒。」接著，作品寫了老泰山的品性和經歷，當他別去之後，「我」望著那火紅的霞光，遠去的身影，心中忽然有所悟：「我覺得，老泰山恰似一點浪花，跟無數浪花集到一起，形成這個時代的大浪潮，激揚飛濺，早已把舊日的江山變了個樣兒，正在勤勤懇懇塑造著人民的江山。」至此，衝擊礁石的浪花這個自然物和為建設新生活默默勞動的「老泰山」交匯在了一起，顯示了生活的詩意。

《茶花賦》中，作者先寫久居國外，想念祖國的心情。然後筆鋒一轉，寫早春時節昆明的「花事」：

> 花事最盛的去處數著西山華庭寺。不到寺門，遠遠就聞見一股細細的清香，直滲進人的心肺。這是梅花，有紅梅、白梅、綠梅，還有朱砂梅，一樹一樹的，每一樹梅花都是一樹詩。白玉蘭花略微有點兒殘，嬌黃的迎春卻正當時，那一片春色啊，比起滇池的水來不知還要深多少倍。

> 究其實這還不是最深的春色。且請看那一樹，齊著華庭寺的廊簷一般高，油光碧綠的樹葉中間托出千百朵重瓣的大花，那樣紅豔，每朵花都像一團燒得正旺的火焰。這就是有名的茶花。不見茶花，你是不容易懂得「春深似海」這句詩的妙處的。

接著，由「花事」而引出養花人：

> 我不覺對著茶花沈吟起來。茶花是美啊。凡是生活中
> 美的事物都是勞動創造的。是誰白天黑夜，積年累
> 月，拿自己的汗水澆著花，像撫育自己兒女一樣撫育
> 著花秧，終於培養出這樣絕色的好花？應該感謝那為
> 我們美化生活的人。

在這裏，作者寫了一個普普通通的養花人，連他的名字也冠
以「普之仁」，使之具有與作品總體思想格調相一致的寓意。
這樣，由花寫到人，最後：

> 一個念頭忽然跳進我的腦子，我得到一幅畫的構思。
> 如果用最濃最豔的朱紅，畫一大朵含露乍開的童子面
> 茶花，豈不正可以象徵著祖國的面貌？

與前面兩篇作品相似，這同樣是寫景、寫人，最後來一
個情感昇華，提煉出一個崇高的思想主題。

當這種寫法作為一種程式固定下來，就產生了作者始料
不及的影響。一方面，它為散文教學提供了極好的範式，使
之有章可循，有道可尋，使教師的教和學生的學都更易把
握，但同時，不可避免地，它又把創作帶到一個悖論之中。
在獲得這種清晰的、一統的創作線索的同時，文學創作最忌
諱的格式化傾向把創作逐漸帶入僵化的局面。其影響面不僅
在於同時代的散文創作者，更在於讀著楊朔散文走進文學天
地的許多後來者，楊朔散文作為教科書中散文教學最重要的
模板，給予他們的影響絕不僅僅是散文作法的一種方式，而
是思維上的一種限制，一種套路，而這種現象與文學的創造

性是根本背離的。

更重要的是，這種從物及人，最終演繹出一個政治命題的寫法往往給人以牽強之感，這樣的寫法，人工斧鑿的痕迹太重，真實性則受到損害。

楊朔是當代傑出的散文家，也是極具典型意義的作家，他的藝術成功，充分體現了中國古代藝術精神在當代的審美實踐性和創新的可能性，同時，當一種具有獨特性的散文創作主張被推向唯一性時，也同時走向難以擺脫的悖論。

「楊朔模式」給我們的啟示還在於：越是那些被種種「文章作法」譽為典範的散文越能暴露古老散文體制的弊端。這類「典範」語言極流暢舒緩平易近人，敘述起承轉合極縝密；通常使用借景抒情，托物言情的觀照方式，所思所想亦極有理有據有節。然而，在這種爐火純青的大一統、超穩定格局中，節奏沈悶、滯澀，情緒與思維都呈某種單一的、平面的定勢，經常是不勝其詳卻不勝單薄。這種散文體制顯然已不能負載現代人多層次、多向度、多側面的生命體驗與思索。

（二）秦牧：談古論今，美趣與形神之間

五六十年代，散文創作嚴重地受到公式化、概念化傾向的干擾，許多按照套路創作的散文陷入一種生硬的模式。有些作品空喊政治口號，根本背離了藝術創作原則。在這種情況下，秦牧儘管也不可能自覺避諱歷史的種種負累，但畢竟他的作品是豐富開闊的。在談天說地之間所體現的，不僅僅

是一種才情和思理，而更是　種放達、從容的心境，一種堅持藝術原則的努力。

　　秦牧（1919-1992），廣東省澄海縣人。散文家、小說家、兒童文學家。幼年少年時代在新加坡，　回國後，做過教師、編輯等，並參加抗日救亡運動和大後方的民主運動，抗戰勝利後，他在香港做了三年職業作家，解放後，回廣州工作。曾任中國作家協會廣東分會副主席、《羊城晚報》副總編、廣東暨南大學中文系主任等職。

　　四十年代，秦牧曾出版雜文集《秦牧雜文》。建國後，秦牧的主要精力集中在散文寫作上。他以 16 部作品集、約600 篇散文的創作實績，在中國當代散文史上佔有重要位置。

　　秦牧重要的作品集有散文集《星下集》、《貝殼集》、《潮汐集》、《花城》和粉碎四人幫之後出版的《長河浪花集》，另外還有中篇小說《黃金海岸》、文藝論集《藝海拾貝》等。他最享盛名的散文作品有《社稷壇抒情》、《古戰場春曉》、《土地》、《花城》和《潮汐和船》等。

　　1.「思想像一根線」

　　作為十七年有代表性的散文家，秦牧散文與同時代的其他作家一樣，首先具有明確的思想目標，作品貫穿著宣傳時代先進思想的線索，注重思想性和時代色彩。他說：作品「被先進的崇高的思想貫串著，閃耀著飽滿的生活知識的光輝，平凡的事物也被描繪得引人入勝，奇異獨特的事物在這樣的作品中就越發光彩照人了。」[16]他說自己的創作「為

---

[16]　秦牧：《藝術魅力和文筆情趣》。

革命起擂鼓助陣的作用，推動時代前進」。[17]對於時代性和思想性他也曾表示白己的看法：「正面謳歌光明和鞭撻醜惡的作品，固然頭等重要，而一些能夠增進人民高尚情操，提高審美觀念，學習或者加強辯證唯物主義思想之類的題材，也應該有所接觸和表現。」[18]秦牧還表現出審美追求的理論自覺。他說：「文學作品應當宣傳真善美，反對假惡醜。所謂『真』，就是要闡發生活的本質，要本著現實主義的態度寫作，反對弄虛作假，反對粉飾升平，反對掩蓋矛盾，反對誆誆騙騙。所謂『善』，就是宣傳共產主義的道德品質，反對剝削階級的腐朽事物。所謂『美』，就是作品要有強烈的藝術特徵，通過藝術手段表現生活，看了一般能給人以藝術的美感。」[19]

在談到自己的創作時，秦牧說：「我所寫的，都是曾經使我激動、感奮、歡樂、憤恨或者思索尋味的事情，我以為這些事情，都有告訴旁人的價值，這才動筆寫它。」[20]這種明確的愛憎觀使秦牧的創作有鮮明的思想傾向。像那個時代最引人注目的許多作家一樣，秦牧也首先強調創作的時代使命和社會責任。他說：「一個文藝工作者如果對社會沒有使命感，對人民沒有責任感，是斷然寫不出優秀的作品，對他所處的時代，也是起不了什麼積極作用的。」他強調，「作家應該作為人民的喉舌，作為社會的良心而存在。」他主張

---

[17]　秦牧：《長街燈語‧散文創作談》，百花文藝出版社，1979 年。
[18]　秦牧：《長河浪花集‧序》，人民文學出版社，1978 年。
[19]　秦牧：《花蜜和蜂刺》。
[20]　秦牧：《長河浪花集‧序》。

為社會張揚公理。說，「對這些公理的心悅誠服和敬畏尊崇之心，應該支配我們的一生。」[21]他總是要通過作品揭示一種人生哲理和社會蘊含，張揚一種道德精神。

在《社稷壇抒情》中，作者由「泥土」而生發出深沉的感情，從古到今，讓感情伴著泥土的神性展開。緬懷我們民族五千年的文明史，「你在這個土壇上走著走著，仿佛走進古代去，走到一望無際的原野上」，從這裏展開想像，從「戴著高冠，穿著芒鞋」的古代詩人屈原用他那悲憫深沉的聲音發出的《天問》，到古代思想家關於「五行」的觀念，都包蘊著強烈的愛國熱情。他講述那些熱愛故土、臨死前必須用「祖國的泥土撒到自己胸上」的愛國者。頌贊那些為探求真理艱苦努力的思想家。他深情地寫道：

> 我們漢民族的搖籃在黃河的中上游，那裏綿亙的是一望無際的黃土高原。因此，黃色被用來配「土」、用來配「中心」，成為我們民族傳統中高貴的顏色。中心是不同于四方的，能夠生長五穀的土地是不同於其他東西的，黃色是不同於其他顏色的。在這個土壇的中心，黃土被特別砌成了一個圓形，審視這個黃色的圓圈吧！它使我們想起奔騰澎湃的黃河，想起在地層下不斷被發掘出來的古代村落，也想起那古木參天的黃帝的陵墓。
>
> 我多麼想去抱一抱那些古代的思想家，沒有他們的艱苦探索，就沒有今天人類的智慧，正象沒有勇敢走下

---

[21] 秦牧：《我的生活信念和文學追求》，《文藝報》1990 年 10 月 20 日。

樹來的猿人，就不會有人類一樣，多少萬年的勞動經
驗和生活智慧積累起來，才有了今天的人類文明。每
一個人在人類智慧的長河旁邊，都不過象一隻飲河的
鼴鼠，在知識的大森林裏面，都不過象一隻棲於一枝
的鷦鷯。這河是多少億萬滴水彙成的啊，這森林是多
少億萬株草木構成的啊！

在這裏，作者表達的不僅是一種愛祖國的美好感情，更
是一種人類相通的健康情緒。正如秦牧自己所宣稱的，他的
作品始終貫穿著宣傳進步思想的線索。無論是回顧歷史還是
展示現實，都自覺讚揚美的善的，而鞭撻醜的惡的。

2.「海闊天空的散文領域」

秦牧強調，要創作偉大的作品，作家必須具備基本素
質，即思想、知識、語言，他把這看作是作家進行創作的「三
大要素」。他認為，「文學創作離不開思想、生活知識、表
現手段（主要是文學語言）這三者」。[22]他極力提倡「內容
異常廣泛的散文」。[23]而他的全部散文創作，則是這種文學
觀的成功實踐。

知識性強是秦牧散文的顯著特色。就作品的知識性而
言，秦牧的特點在於：知識密集。讀他的散文，你會覺得隨
作者進行了一次內容極其豐富的精神漫遊。在公式化、概念
化的創作盛行、知識貶值的時代，他的作品卻以豐富的知識

---

[22]　秦牧：《散文創作談》。
[23]　秦牧：《海闊天空的散文領域》。

和獨特的藝術面貌贏得了讀者。在談天說地、論古道今的知識趣談中，寄寓作者所要表達的思想。

　　秦牧有很好的個人修養，知識淵博、博聞強記，他的作品比一般散文創作顯現了更大的知識容量，那數不盡，說不完的掌故、軼聞、傳說，風物人情，構成了他的作品絢爛繽紛的世界，把讀者帶入大自然和人類社會生活的博物館，各種知識在這裏得到了藝術的表現，生動的闡釋。

　　如中國的茶館、筵席、清代的「八旗子弟」、北京和廣州的春節等社會習俗，菱角、仙人掌、貝殼、榕樹等植物，從天壇、社稷壇、東陵、茂陵到三元里、紅場等歷史古迹，從青海土族人家和塔爾寺前的浴佛節等少數民族的宗教習俗，到歐洲的風雪、哈瓦那的華僑紀念碑、新加坡與烏蘭巴托的異國風情……都呈現在作者筆下。他帶著讀者走進古代文化與世界風雲，與歷史對話，在知識海洋中徜徉。

　　在《土地》中，他深情地寫道：

　　　　當你坐在飛機上，看著我們無邊無際的像覆蓋上一張
　　　綠色地毯的大地的時候；當你坐在汽車上，倚著車窗
　　　看萬里平疇的時候；或者，在農村裏，看到一個老農
　　　捏起一把泥土，仔細端詳，想鑒定它究竟適宜於種植
　　　什麼穀物和蔬菜的時候；或者，當你自己隨著大夥在
　　　田裏插秧，黑油油的泥土吱吱地冒出腳縫的時候，不
　　　知道你曾否為土地湧現過許許多多的遐想？想起它
　　　的過去，它的未來，想起世世代代的勞動人民為要成
　　　為土地的主人，怎樣鬥爭和流血，想起在綿長的歷史
　　　中，我們每一塊土地上面曾經出現過的人物和事蹟，

他們的苦難、憤恨、希望、期待的心情？

　　接著，作者「騎著思想的野馬賓士到很遠很遠的地方」，想到二千多年前春秋時代晉國公子重耳亡命途中捧著土塊、叩拜上蒼的故事，想到古代皇帝把疆土封給公侯時給他們一塊泥土的寓意，更想到失掉土地的農民離鄉別井到海外時，從井裏取一撮泥土，珍重地包藏在身邊，寄託思鄉之情的寓意。從中國勞動者為了土地而進行的連綿不斷的悲壯鬥爭，到古巴蔗農高舉著「土地就是我們的生命」的標語牌的示威……最終，回到頌贊新時代的建設者為建設新國土而付出的努力。時間的縱深感和空間的開合度在這裏得到充分展現。

　　儘管，秦牧的散文有層出不窮的知識點，但他並不停筆於此，而是從這些知識出發，進一步展開聯想，因事起興，自然灑脫地進入無限開闊的藝術境界。上天入地，古往今來，帶讀者走進藝術佳境。

　　《古戰場春曉》中，作者從廣州三元里高地和平勞動的景象，聯想到中國近代史的開端和一百多年中國人民的鬥爭史；從古戰場明麗的山川景色，聯想到三元里人民英勇抗擊英帝國主義入侵的悲壯場面；從作為當年抗英鬥爭總指揮部的三元古廟，聯想到恩格斯關於「我們也會看到亞洲新紀元的曙光」的預言，……總之，作者是從眼前的一個景出發，做一次超越時空的精神遨遊，展現開闊的畫面，舒卷自如，從容灑脫。

　　《摔壞小提琴的故事》，借一個外國傳統故事論及一個

文藝理論命題。作品寫文藝復興時期，一位著名的小提琴家，有一把價值五千元的小提琴。一次，他在演奏時，觀眾心醉神迷，但一曲終了，他卻將小提琴摔碎，此舉震驚四座，這時，主持人才宣佈。摔壞的只是一把價值 1 元 6 角 5 分的小提琴。而後，小提琴家又操起五千元的小提琴繼續演奏。作者由這個故事說開，講到文學、戲曲創作的一些規律性問題，使它們得以形象化、具體化，作品最後，再回到作品開頭的那個故事上來，形成一種特殊的藝術效果。

　　秦牧散文的知識集成又不是以吊書袋為目的，他追求「美趣」，他的筆法「採取的是像和老朋友在林中散步，或在燈下談心那樣的方式」，他認為「這樣可以談得親切些」，這種親切和悅的面目，造成了秦牧作品特有的故友相逢、舒心懇談的氣氛，有一種比肩的親切，對坐的率真，縮短了作者與讀者間的心理間距，使之成為一個開放的心靈與另一個開放的心靈的碰撞，使作者與讀者擁有共同的時間和空間，使讀者感到自己自然而然地沈浸在作者描繪的圖景中間，在交流與對話中合成審美意味世界。

　　3.把材料的「珍珠」串成「整齊的珠串」

　　在結構上，秦牧散文還具有放得開，收得攏的特點，他把大量豐富的知識素材穿引起來，始終圍繞一個中心，集中於一個題旨。他強調，「散文雖『散』而不亂，全靠思想把那一切材料統一起來……這才成為整齊的珠串。」[24]可見秦

---

[24]　秦牧：《散文創作談》。

牧對散文結構線索的注意。所謂「形散神不散」即是對他的散文較準確的概括。如《土地》、《花城》、《社稷壇抒情》、《紅旗初捲英雄城》等作品儘管充分展開聯想，由古到今，由中國到外國，盡情地放開來寫，但都有一個中心形象，使那些仿佛信手拈來的材料的「珍珠」有序地排列，形成「整齊的珠串」，凝聚在一個「中心」的題旨上。在這裏，可以充分見得秦牧控制材料的能力。可以說，秦牧的創作為 60 年代風靡一時的「形散神不散」的散文寫作模式提供了最成功的範例。

　　「形散神不散」作為作家獨特的藝術方式本來是應當得到充分的認可。它反映了作家深厚的學養、廣博的知識和駕馭材料的能力，能夠做到這一點，即是藝術成功的一個突出反映。然而，在特定歷史條件下，這一藝術方法被廣泛運用卻又反映了一些隱含其後的問題。

　　和楊朔散文對意境的追求所帶來的藝術悖失一樣，當「形散神不散」這樣一種作家獨特的散文構架被當作創作範式固定下來時，它本身的藝術魅力就會在一定程度上消蝕，它不利於自由自在，汪洋恣肆的心靈世界的充分展開。這是歷史的遺憾，是當代散文應當認真檢討的。而且，這種創作「形」再散也要受到「神」的制約，即要貫穿一條時代思想線索，換言之，再散的作品也跑不出時代繮繩的控制，這樣，許多人生的原初性命題就難以走進作家的視野，許多人生和自然的風景只要不與時代合拍，也難以得到展示，所以，真正的「散」也不可能達成。

　　即或是像秦牧這樣追求藝術自由境界的作家，也難免落

套。如他的《秋林紅果》，寫北方的山楂，雖然個頭小，味道也平常，卻為各地的人們所喜愛，作者由此便想到「往往一聲不響，藏身在群眾之中」，「外表平凡，實際卻很卓越的人物」，以讚揚一種踏踏實實為人民工作、勤奮敬業的品質。在《花蜜和蜂刺》中，寫蜜蜂的辛勤釀蜜和挺身搏鬥，想到我們每一個人也應該「既能辛勤勞動，必要時又能挺身戰鬥」。也是對勞動者奉獻精神的讚禮。本來，作家正面宣揚一種積極的人生態度，托物言志，讚美普通勞動者，不失為一種積極的創作姿態，單純地看這些作品，並非不是成功之作，但假如我們把這些作品和當時時代大量表現此主題的作品放在一起，便會感到這種「自由聯想」中的不自由。正如楊朔作品《荔枝蜜》中的養蜂人、《茶花賦》中的養花人「普之仁」、《雪浪花》中的老漁民「老泰山」，都有似曾相識之感。

（三）劉白羽：追隨時代主旋律，演說社會大課題

劉白羽是當代重要的散文作家，他創作的一個突出特點是政治追求、思想追求和藝術追求的同一性。即在執著熱切的政治追求中，逐步形成明確的思想追求，進而形成與之相統一的藝術風格。

劉白羽（1916-），北京人，部隊作家。他寫過小說、特寫、散文等多種文學作品，散文是最能代表他的藝術成就和創作風格的文體。1989 年出版的《劉白羽散文四集》包括《紅瑪瑙集》、《芳草集》、《海天集》和《秋陽集》，

是作者多年散文收穫的結晶，展示了他的基本藝術風貌。

　　劉白羽散文創作的經歷從三十年代就已開始。他曾經說，「我從 1936 年在《文學》上發表短篇小說《冰天》，同時，就在《中流》上發表散文《從黃昏到夜晚》。可是，抗日戰爭爆發了，我的散文變成了報告文學，這原因很簡單，因為在決定中華民族生死存亡的大搏鬥中，中國人民需要更直接命中敵人的投槍，更直接激發民族精神的戰鼓。」[25]從這段自述中可見，劉白羽在創作選擇上，就已經自覺服從於時代的需要。

　　1938 年劉白羽到了延安，自此開始了他的革命生涯。而他的創作的發展也從這裏真正開始。在談到自己的創作經歷時，他說：「自己真正的生命是在延安開始的。」[26]到延安後，他採訪過許多抗日根據地，寫了不少小說。1942 年，劉白羽曾參加了整風運動，毛澤東同志在延安文藝座談會上的講話對他產生了深刻影響。他的創作過程也成為自覺宣傳中國共產黨文藝路線的過程。

　　解放戰爭時期，作為一名隨軍記者，他跟隨部隊，轉戰南北，寫下了一系列反映部隊戰鬥生活的作品。四十年代到五十年代初，劉白羽曾著有短篇小說集《無敵三勇士》、《政治委員》、《龍煙村紀事》，中篇小說《火光在前》，通訊報告《朝鮮在戰火中前進》、《萬炮震金門》等。這些作品在當時都產生了很大影響。從這些作品中可以清楚地看到，劉白羽是革命軍隊的一員，他的創作發展是與中國革命前進

[25]　《劉白羽散文四集・形象之花是不會枯萎的》，重慶出版社，1989 年。
[26]　劉白羽：《劉白羽散文選・紅瑪瑙》，人民文學出版社，1978 年。

的步伐緊緊連在　起的。開國以後，他曾赴抗美援朝戰地採
訪，寫了一些通訊報告集和短篇小說。1955 年以後，他擔
任了部隊文化領導工作，但仍從事文學創作，而這時他的創
作重心已轉移到散文方面。他說：「我走向文學的道路是從
散文開始的，但真正形成我創作散文的高潮，還是 1958-1988
這三十年間。」[27]

　　劉白羽自三十年代末到延安參加革命，度過半個多世
紀的戎馬生涯。他是在民族解放、民族革命的歷程中成長起
來的文化工作者。他的人生與中國革命的前進步伐一致。他
的青春年華和畢生的經歷都與時代脈搏連在一起。為時代歌
唱，成為他的責任和使命，也成為他的人生理想。而這種
追求也就規定了他的美學風範，即自覺選擇崇高、壯美的
格調。

　　劉白羽是情感熱烈、格調高亢的作家，也是最具革命激
情的散文作家。與其他散文作家相比，他個人經歷的獨特性
在於，他首先是一個軍人，然後是一個作家。他長期在部隊
工作，擔任隨軍記者，這種獨特的生活經歷對他的影響是深
刻的。長期的軍人的生活鑄就了他的品格，培養了他鮮明的
愛憎感情，使他成為一個革命事業自覺的歌者。

　　劉白羽曾說：「從英雄的戰爭到沸騰的建設生活，我的
心隨同時代脈搏而躍動，我也就一直繼續寫下來。」，希望
從這些作品中，「看得出中國血的戰鬥的一點歷史脈絡、火
線建設的一點閃光。」「一個報告文學作家應該是一個最富

---

[27]　《劉白羽散文四集》，重慶出版社，1989 年。

有時代感的人。」[28]

劉白羽的作品大都有鮮明的主題，表現強烈的時代精神，以高亢的聲音，為生活和鬥爭而歌。

1. 頌贊之情與江海旭日之戀

劉白羽在自己的作品中，為讀者展示了明朗的生活圖景：千恣百態的長江，浩瀚無邊的大海，蒼莽雄偉的長城，旭日、朝霞、燈火，從這一個個意象的選擇，便可見到作品的基本藝術格調。作者把他的筆伸向光明、純潔、壯美和富有象徵意義的美好事物，使作品充滿浪漫主義情調，這是劉白羽立意的一個顯著特色。他作品中的旭日，是躁動於黑夜但終於戰勝黑暗的戰鬥者形象，江輪，是衝破驚濤駭浪的「革命航船」的象徵，大海則成為祖國的象徵，⋯⋯可以說，雄山險峰之戀、大江大海之戀，陽光之戀是劉白羽頌贊之情的集中體現。

宗白華說：「藝術家以心靈映射萬象，代山川而立言，他所表現的是主觀的生命情調與客觀的自然景象交融互滲，成就一個鳶飛魚躍，活潑玲瓏，淵然而深的靈境；這靈境就是構成藝術之所以為藝術的『意境』」[29]

劉白羽正是要表現這樣一個靈動的世界。自然界的崇山峻嶺、江河湖海，都被用來表現胸襟裏蓬勃的氣韻。

例如《長江三日》，充分表現了作者的審美追求。作品採用日記體，以長江旅程三日的見聞為線索，生動展現了長

---

[28] 《早晨的太陽‧序》，作家出版社，1959 年。
[29] 《中國藝術意境之誕生》，引自《藝境》，北京大學出版社，1987 年。

江雄偉壯闊的圖景。作品著重寫長江的千态百態。在黑夜中
衝破驚濤駭浪、昂揚奮進的江輪，是作品詩化的形象。

> 天空、江上一片雲霧迷蒙，電光閃閃，風聲水聲，不
> 但使人深深體會到「高江急峽雷霆鬥」的赫赫聲勢，
> 而且你覺得自己和大自然是那樣貼近，就像整個宇
> 宙，都羅列在你的胸前。水天，風霧，渾然融為一體，
> 好像不是一隻船，而是你自己正在和江流搏鬥而前。
> 「曙光就在前面，我們應當努力」。這時一種莊嚴而
> 又美好的情感充溢我的心靈，我覺得這是我所經歷的
> 大時代突然一下集中地體現在這奔騰的長江之上。是
> 的，我們的全部生活不就是這樣戰鬥、航進、穿過黑
> 夜走向黎明的嗎？

不僅如此，劉白羽還把筆直接伸向生活的浪潮中，在作
品中反映如火如荼的生活圖景，他直接寫社會主義建設中的
人和事，而當他筆下的具體人物、事物經詩意點染，把閃光
的東西突出以後，也便具有了理想化色彩。

　2. 用字功夫

　　與作品的基本精神相一致的是劉白羽散文的語言，它呈
現一種絢爛美，一種色彩斑斕的景觀。他大量運用排比的修
辭手法，以壯氣勢，從古今中外作家的作品中旁徵博引，為
作品增添光彩，講究煉句煉字，以語音的抑揚頓挫增加音樂
感。例如，在他的名篇《日出》中，寫在飛機上看到日出時

的壯觀景象：

> 一個奇蹟就在這時誕生了。突然間從墨藍色雲霞裏矗
> 起一道細細的拋物線，這線紅得透亮，閃著金光，如
> 同沸騰的溶液一下拋濺上去，然後像一支火箭一直向
> 上沖，這時我才恍然大悟，原來這就是光明的白晝由
> 夜空中迸射出來的一剎那。……太陽出來了。它晶光
> 耀眼，火一般鮮紅，火一般強烈，不知不覺，所有暗
> 影立刻都被它照明了。一眨眼工夫，我看見飛機的翅
> 膀紅了，窗玻璃紅了，機艙座裏每一個酣睡者的面孔
> 紅了。這時一切一切都寧靜極了，寧靜極了。整個宇
> 宙就像剛誕生過嬰兒的母親一樣溫柔、安靜，充滿清
> 新、幸福之感。

總之，劉白羽以作品的內容、風格、傾向與時代的合拍
而成為體現時代面貌和審美趨向的代表性作家。當然，任何
作家都是歷史的，尤其像劉白羽這樣十分貼進時代的作家，
時代的局限也必然在他身上留下明顯痕迹，換言之，他創作
的成就與不足，都留下深深的時代印記。

3. 走向新境界

劉白羽的散文創作過程持續了半個多世紀，他的許多作
品，都是時代主調的藝術寫照。值得一提的是，80 年代以
後，劉白羽不僅堅持創作，而且，經過幾十年風雨洗禮，他
對生活、對藝術有了新的思考和發現，有了反思。直到九十
年代，他的寫作熱情仍然高漲，又創作了多篇談創作體會的

藝術短論，對散文創作的諸多問題進行深刻反思，提出許多
對創作頗有啟發的新見。

　　談到自己 1984-1988 年創作的幾｜篇作品，他說，「我
希望它既有秋陽的寧靜，又有秋陽的溫暖。它可能不是我的
一段時間的收穫，也許是我一生中的收穫。」（《秋陽集‧
序》）他仍舊保持著年輕時的激情和敏感，只是當秋意到來
時，體會更深一層：

> 我從年輕時起就有一種特殊的敏感，當天空和大地還
> 炎天如火、赤日鑠金，我卻可以從太空中灑然而落的
> 一絲清風，便意會到爽朗秋天的來臨，從此掃卻一身
> 粘膩，換得一身清爽，實在令人怡然陶然，而從那一
> 陣清風起，我覺得那一顆太陽也就不同了。
>
> ——《秋陽集‧序》

　　他離開了領導崗位，開始更深一步地感受人生的狀態，
對孤獨的境界有了真實的體驗：

> 我從事創作 54 年，但到 66 歲才成為一個真正的專業
> 的作家，……對於人世煩瑣，我已不屑一顧，只從創
> 作的孤獨中得到深深的慰藉。我認為真實的創作是需
> 要孤獨境界的。……一到碧蘿窗下，我立刻就心湖澄
> 淨，萬慮皆消，因為我跳出人間風雲詭譎，因為我有
> 我創作中的大宇宙，我在追索它，我在擁抱它，於是
> 我的深情蜜意便帶著淚珠，帶著血珠，從我心中流到
> 手上，從我手上留到稿紙上，碧蘿，你每一片新生的

綠葉，都賜給我幽思嫻境，都賜給我鼓舞力量，在催
促我邁步前進。

——《碧蘿窗下》

　　晚年的劉白羽有了更深入的關於人本體的思考。他開始
追尋一些本原問題：

　　一個作家承受不了孤獨就不能潛心創作，更何況正是
在這種創作的孤獨中，孕育著最大的領悟、最深的思
考、最重的激情、最活的靈感……而這些，與深沈、
練達、安寧、幽靜都是分不開的，可以說這不是一般
的人生的孤獨，而是超逾人生的美學境界的孤獨，……
回想自己碌碌一生，浪費生命，到晚來領悟到這樣一
種意境，也可以說是我自己的美學的凝聚吧。

——《秋陽集·序》

　　劉白羽進一步展開了自己的藝術視野，開始去感受更豐
富的人類生活，在《紅杉樹之歌》中，他從美國的紅杉樹寫
起，感受這塊新大陸的古老和年輕：

　　我覺得我通過紅杉樹看見這個被稱為新大陸的美
國，你的血脈、你的青春、你的靈魂、你的閃光。
的確，美國的天空和大地是豪邁的，美國人也是豪邁
的，是的，因為有惠特曼才有美國，但沒有美國也不
可能有惠特曼。那自由而豪邁，粗獷而又明快的詩，
正是美國的優美的心靈。
……

> 我聽到兩大洋中間這片土地上，震撼著喧嘩的、悲哀的、憂傷的、焦慮的種種聲音，同時，我又聽到兩大洋中間這片土地上，飛騰著歡暢的、幸福的、豪邁的、自由的旋律。人類總是前進的、歷史總是前進的，從我在美國所接觸的一系列生者和死者的靈魂裏似乎都存在著解答未來命運的答案。

但不管生活走到哪一步，他都無法忘記那曾經有過的戰鬥的生活，和那些為追求光明而逝去的生命。《劉白羽散文合集》的最後一篇，仍然是懷念曾經一起戰鬥過、在自己懷中悄然逝去的戰友。他詩化了這種感情，使它成為自己靈魂中一條遙遠的帶著悲壯情懷的風景線。

> 我看見一個人，一個真正的人，一個無名的人，一下倒在我的懷中，我開始還感到他的呼吸的溫暖，而後，他僵硬了，生命從我懷中悄然逝去。而你，現在，常常出現在我幻覺之中的雪花的吟唱，還像一曲深沈的哀歌！……那呼嘯的狂風，那飄舞的大雪，那搖曳的白樺，那飛揚的荻草，都曾跟我們一起戰鬥過，在那黎明、黎明、黎明還沒有來到的時候，它與我們一起拼搏、一起流血、一起燃燒、一起戰鬥過。而今天，每個人每天都可以有一個美麗黎明了，每個人每天都可以有一曲美麗黎明的歌了。但，我沒有忘記，我不能忘記，我靈魂的遙遠遙遠的邊際那一線遠天冰雪。」

——《遠天冰雪》

　　劉白羽說，「散文的發展的關鍵，我以為最主要的是散文家與人生與自然的溶合、抽象、並賦予以新的生命。一個真正的作家、藝術家，不只是熱愛人生與自然的人，而更進一步必須把自然滲透進去、溶合進去，……我以為散文創作中最重要的是賦予人生與自然以作家自己的生命——必須屬於你這個作家的獨特、鮮活的生命，這就是作家必須把自己的情感、意念、思想灌注入作品中去。隨同你的血液與生命的注入，你便使得你所反映的人生與自然，含有你的性情、神魄。」[30]在劉白羽的作品中，我們看到了他注入其中的鮮活的生命和獨特的生命歷程。無論他走到哪一步，都能清晰地看到一條鮮明的生命軌迹。

三、冰心、曹靖華、吳伯簫等作家散文創作的藝術追求

　　「十七年」還有不少作家在散文創作方面做著努力，他們中間，有「五四」時期就已在文壇上有著顯著地位的老作家，在他們的作品中，我們可以看到「五四」散文風格在一些方面的傳承，但同時，也可以明顯感到，即使是「五四」時期成長起來的一批老作家，在與時代主流同步的努力中，也逐漸弱化了個性色彩，努力使自己的創作符合時代大主題。但畢竟，在他們身上，仍然可以看到在東西文化大碰撞的背景下形成的文化形態，可以看到他們各自保留了自己的

---

[30]　《劉白羽散文四集‧總序》重慶出版社，1989 年。

基本創作特色，特別是在新時期，他們的創作大都有了新的
發展；還有一批在抗日戰爭、解放戰爭的戰火硝煙中成長起
來的作家，他們經受了戰爭的考驗，對中國共產黨和新中國
充滿感情，發自內心地頌贊新生活、新事物，甚至是「黨之
所需，情之所鍾」，表現了自覺服務於時代主題的真誠和自
覺。但由於對生活缺少審視的眼光和必要的距離感，而難留
下更多具有超越性的作品；另有一批解放初期在文壇上嶄露
頭角的新人，他們和共和國一起成長，又正值年輕、熱情，
因此，更是充滿激情地為新生活唱著讚歌。但同時，在他們
的作品中，也記載著時代的缺憾。

　　在此，簡要分析幾位作家的創作，旨在從他們的散文創
作所表現出來的生命情調、藝術情調中看到他們在藝術探索
中所展現的特定文化心態，他們凝結於心的藝術理想和人生
追求，更重要的是，進一步探尋其發展的可能性，瞭解他們
在新的時代條件下獲得新的藝術生命的內在邏輯。

（一）冰心：成就詩意化的人生，在自然、母愛、童真中追求永恒

　　冰心（1900-1999），福建長樂人，原名謝婉瑩，曾用
筆名冰心、男士、謝冰心等。

　　冰心有一個幸福的童年，一直擔任海軍軍官的父親和
慈祥仁愛、知書達理的母親為她的心靈健康創造了良好的
條件。她從小隨父親住在烟台海邊的軍營裏。大海和軍營
陶冶了她的性格，給了她最初的生命體驗。父母的厚愛、

優裕的生活條件、海邊的生活體驗，使她比一般人更多地感
受到了愛與美，長大後，美滿的愛情婚姻、幸福的個人命運
又進一步強化了這種感受。在民國 24 年赴美留學的船上，
她認識了社會學博士吳文藻，後結為伉儷。在半個多世紀漫
長的生活歷程中，他們一直相敬相愛，和諧美滿。在 20 世
紀的中國，他們的情感經歷本身就是一首不可多得的、優美
的散文詩。冰心以一片真情對人類、對生命、對世間萬物奉
獻著愛心，而這種情又感化了許多人，使她贏得了更多愛
的回報。

　　在 20 世紀中國社會政治勢力、思想觀念激烈碰撞，刀
光劍影、風起雲湧的特殊時代環境中，不管社會是怎樣的風
雨飄搖、動蕩不安，冰心卻始終有一片淨朗的天空，一個溫
馨的生存環境。她的心始終沒有為生活的陰影所侵蝕，而一
直保持著寧靜的心態。她說：「我覺得我的童年生活是快樂
的，開朗的，首先是健康的。該得的愛，我都得到了，該愛
的人，我也都愛了。我的母親、父親、祖父、舅舅、老師以
及我周圍的人都幫助我的思想、感情往正常、健康裏成長。
二十歲以後的我，不能說是沒有經過風吹雨打，但是我比較
是沒有受過感情上摧殘的人，我就能夠經受身外的一切，有
了健康的感情，使我相信人類的前途是光明的，雖然在螺旋
形上升的路上，是峰迴路轉的，但我們有自己的看法，自己
的判斷，來克制外來的侵襲。」[31]

---

[31]　范伯群編：《冰心研究資料》第 58 頁。

　　冰心在「五四」文化運動中走上文壇，最早是以創作「問題小說」引起了注意，後又以捕捉剎那間印象的小詩贏得了大批青年讀者，而真正使她蜚聲文壇的卻是散文創作。她在《關於散文》中曾說過：「散文是我所最喜愛的文學形式。」的確，對於感情細膩而委婉的女作家冰心來說，用輕便靈活的散文寫自己身邊發生的趣事，的確再合適不過了。

　　1920 年，冰心發表了第一篇散文《笑》，1923 年，她赴美留學，其間不斷把途中和異邦的見聞以及對童年美好生活的回憶寫成散文，寄回國內發表，產生了很大影響。《寄小讀者》、《往事‧二》、《山中雜記》等集子收集的是這一時期的散文。從此，她在文壇上引起了廣泛的注意，成為受廣大讀者喜愛的散文作家。在七十餘年的創作生涯中，冰心共寫了六百多篇散文，出版散文集、散文詩集近 20 部，以獨特的創作風格和精神意趣在現當代散文發展史上佔有重要位置。冰心最重要的散文集有《南歸》（北新書局，1931年），《寄小讀者》（北新書局，1926 年），《往事》（開明書店，1931 年），《平綏沿線旅行記》（鐵路管理局，1935 年），《關於女人》（天地出版社，1945 年），《我們把春天吵醒了》（百花文藝出版社，1960 年），《小橘燈》（作家出版社，1960 年），《櫻花贊》（百花文藝出版社，1962 年），《記事珠》（人民文學出版社，1982 年），《冰心散文選》（人民文學出版社，1983 年）等。冰心的創作享譽海內外。她的作品曾被譯成英、法、德、日等多種語言在國外發行。

　　著名作家郁達夫在《中國新文學大系‧散文二集‧導言》

中，曾給予冰心以很高的評價。他說：「冰心女士散文的倩麗，文字的典雅，思想的純潔，在中國好算是獨一無二的作家了。記得雪萊的詠雲雀的詩裏，仿佛曾說過雲雀是初生的歡喜的化身，是光天化日之下的星辰，是同月光一樣來把歌聲散溢於宇宙之中的使者，是虹霓的彩滴要自愧不如的妙音的雨師，……總而言之，把這一首詩全部拿來，以詩人讚美雲雀的清詞妙句，一字不易地用在冰心女士的散文批評上，我想是最適當也沒有的事情。……我以為讀了冰心女士的作品，就能夠瞭解中國一切歷史上的才女的心情；意在言外，文必己出，哀而不傷，動中法度，是女士的生平，亦即是女士的文章之極致。」這是對冰心十分恰當的評價。

冰心是現代文化人中的幸運者，也是將古典藝術精神與現代人的自由心態完美結合的散文家、詩人、小說家。她對中國古典藝術精神的體悟是原初性的，體現在她的文學創作和自由生命活動之中。

新中國成立之後，冰心繼續她的散文創作，其中許多佳作被選入語文課本，或被選入各種散文選本。如《小橘燈》（1957）、《像真理一樣樸素的湖》（1959）、《櫻花贊》（1961）、《一隻木屐》（1962）等作品曾經贏得相當多的讀者。

在《歸來以後》中，冰心說：「如今在這萬象更新的新中國的環境中，舉目張望，有的是健康活潑的兒童，有的是快樂光明的新事物，有的是光輝燦爛的遠景，我的材料和文思，應當是取之不盡，用之不竭的。」很明顯，1951 年從日本回國後，她為新的時代、新的生活所感動，所激勵，正

因為如此，她才用大量筆墨，為新中國唱起真誠的讚歌。她的文字依然是優美而充滿詩意的，她的愛仍舊是純淨真摯的，但較之二、三十年代的作品，她已沒有了那些微的憂愁，情緒色調變得更加明麗淨朗。

這一時期，冰心有許多作品是記敘出訪的經歷和感受。她曾作為和平的使者，訪問許多國家，為促進國際文化交流、增強各國友誼盡力。由此，她寫出了一些反映出訪見聞和各國友誼的散文。其中，表現中日友誼的《一隻木屐》，寫那縈繞耳畔的木屐聲，「就這樣，這清空而又堅實的木屐聲音，一夜又一夜地從我的亂石嶙峋的思路上踏過；一聲一聲、一步一步地替我踏出了一條堅實平坦的大道，把我從黑夜送到黎明！」從木屐平常的聲音中聽出了不平常。在平凡生動的細節中，營造出耐人尋味的意象。《櫻花贊》則是在景物描寫中突出對日本人民的友好感情，同時表現對他們鬥爭精神的欽佩。

《小橘燈》一直是中學語文教材的保留篇目。這是冰心散文中敘事性較強的作品。作品中的小姑娘的父親為中共做地下工作，因為參加革命而遠走他鄉，母親遭毒打而吐血。小姑娘為給母親找醫生而認識了「我」，並為「我」做了一支「小橘燈」。作品沒有像當時許多寫類似題材的作品那樣，把政治鬥爭推到前臺。而是淡淡地做為背景交代幾句，突出表現的是小姑娘在這種環境中所表現出的樂觀、鎮定。在這種悲慘的生活中，她盼望著有好的將來。「我提著這靈巧的小橘燈，慢慢地在黑暗潮濕的山路上走著。這朦朧的橘紅的光，實在照不了多遠，但這小姑娘的鎮定、勇敢、樂觀的精

神鼓舞了我，我似乎覺得眼前有無限光明！」這篇作品的抒情意味是通過那盞小橘燈和小姑娘的精神狀態表現出來的。

新時期以來，冰心仍然筆耕不輟。而且，仍舊保持了她對自然的摯愛和對人生的美好感受。但畢竟經過了幾十年的風雨路程，冰心對生活的理解更為深沉。1985 年，她寫了一篇名為《霞》的散文，表現了對人生況味的深刻體察：

> 霞，是我的老朋友了！我童年在海邊、在山上，她是我的最熟悉最美麗的小夥伴，她每早每晚都在光明中和我說「早上好」或「明天見」。但我直到幾十年以後，才體會到雲彩更多，霞光才愈美麗。從雲翳中外露的霞光，才是璀璨多彩的。
>
> 生命中不是只有快樂，也不是只有痛苦、快樂和痛苦是相生成成、互相襯托的。
>
> 快樂是一抹微雲，痛苦是壓城的烏雲，這不同的雲彩，在你生命的天邊重疊著，在「夕陽無限好」的時候，就給你造成一個美麗的黃昏。
>
> 一個生命會到了「只是近黃昏」的時節，落霞也許會使人留戀，惆悵。但人類的生命是永不止息的。地球不停地繞著太陽自轉。東方不亮西方亮，我窗前的晚霞，正向美國東岸的慰冰湖上走去……

在這裏，冰心把「快樂」比作「一抹微雲」，把「痛苦」比作「壓城的烏雲」，說它們「相生相成、互相襯托」，共同構成了生命的「美麗的黃昏」。這就使她的作品不再停留在以往那種純理想主義的詩美人生的追求上，而直面生活的

多種色調，正視人生的痛苦。與悲觀主義者不同的是，在冰心的世界中，痛苦亦成為人生的一種景象，成為美麗人生的不可缺少的組成部分。這種體驗意味著冰心正不斷走向深邃。

冰心散文以文字的典雅、思想的純潔率真、感情的纖細幽深打動讀者。而最屬於她個人的、最能顯示她藝術個性的還是她唱出的動人的愛的頌歌。她用藝術擁抱人生，她的作品的意蘊正是其人生的意蘊。她從現實人事的種種糾葛煩惱中超越出來，而樂於從總體上品嘗人生況味。她對人類的光明前景充滿信心。她希望人們真摯地去愛、去共同創造理想的社會，理想的人生。

茅盾說：「在所有『五四』期的作家中，只有冰心女士最屬於她自己」（《冰心論》）。是的，冰心屬於她自己，她的獨特性恰恰在於她以藝術的形式表現了一種本原性的追問和解答，她執著探究的是那個概念化、對象化之前的本真的、活生生的世界，她屬於歷史，也屬於今天，更屬於不老的散文天地。

（二）曹靖華：平淡而山高水深

曹靖華（1897-1987），著名文學翻譯家、散文家、學者。河南省盧氏縣人。20 年代，曾兩次赴蘇聯學習，並曾在莫斯科中山大學、列寧格勒東方語言學院、列寧格勒國立大學任教。從 1923 年開始翻譯俄蘇文學作品，主要譯作有契訶夫的《三姊妹》、《契訶夫戲劇集》、綏拉菲莫維奇的《鐵流》及愛倫堡、阿‧托爾斯泰、卡達耶夫、高爾基等，

曾翻譯多部俄蘇文學作品，對於中國人瞭解蘇聯文學起到積極作用。30 年代回國後，曾化名和魯迅通信往來，為魯迅搜集外國優秀版畫和書刊，與魯迅結下深厚友誼。

解放後，曹靖華創作了散文集《花》、《春城飛花》。1978 年，他把兩個集子的作品重新編選修訂，並充實進一些新作品，取名《飛花集》。

曹靖華的散文篇目不多，但在散文史上卻有特殊的意義。他的作品從內容上大致可以分為三類，一是旅蘇見聞及與蘇聯友人的交往，二是回憶性散文，三是遊記性作品。

曹靖華的散文的最大特點是以敘事見長，讀他的作品，就像友人促膝談心，娓娓道來，自然、中肯，以親切感和質樸的語言縮短了作者和讀者間的距離。他那些回憶性散文中，再現了老一輩革命家的風貌，他寫的多篇回憶魯迅的作品，從多側面、多角度再現了魯迅的形象，即使是寫山水、寫風情，也體現了作者偏重敘事、質樸中見深沈的特點。

在敘事性散文的創作中，不同風格的作家，總是採用不同的敘事方式，曹靖華追求的是創作中的詩意，他說「不但詩講節奏，散文也該講這些，講音調的和諧，也應下字如珠落玉盤，流轉自如，令人聽來悅耳，讀來順口，不至佶屈聱牙，聞之刺耳，給人以不快之感。如果寫散文也能像賈島作詩那樣下功夫，那樣『推敲』，使它有聲有色，豈不更好嗎？」[32] 可見，作者主張溝通「寫散文」與「作詩」之間的關係，在散文中寫出「有聲有色」的詩意來。

---

[32]　曹靖華：《花·小跋》1961 年 12 月，選自《曹靖華散文選》。

　　在創作中，他實踐了自己的主張，在敘述性作品中，形成獨特的抒情風格。在談自己的創作過程時，曹靖華說，他與組稿的同志「縱情暢聊」，「如地方風習、街頭景色、往事回憶、感想述懷，以及天上地下，古往今來」，許多作品正是這樣「暢聊」出來的。[33]他的作品儘管敘事跳躍，抒發的感情時而深曲，時而高昂，格調似不完全一致，但仔細品味，總能發見大多數作品都有一個貫穿始終的感情的主旋律，作品中的知識性內容的穿插，敘事的自由散漫，使文章自然、舒展，而主旋律的跳躍和奔突，又使感情的凝光點凸現出來。形成張弛結合、抑揚有致的抒情節奏。使作品具有一種大開大闔、不離題旨的從容，灑脫。其次，曹靖華的語言也獨具特色，在那些回憶性散文裏，他追述往事，融情其中，文采從樸素中來，在簡潔、洗練的描述中，流轉自如，意味深長。這或許正是中國文學中所謂「平淡而山高水深」的境界。

　　在他追憶與魯迅先生交往的作品中，最有代表性的是《憶當年，穿著細事且莫等閒看》，作品從自己的親身經歷談起，通過一些生活瑣事，反映舊社會一些勢利小人以衣著取人的惡劣習俗。特別是魯迅所講的一段經歷，更能形象反映這一問題。作者有一次聽魯迅講起這樣一件事：

　　　　有一次，我隨隨便便穿著平常這一身，到一個相當講究的飯店，訪一個外國朋友。飯店的門丁，把我渾身上下一打量，直截了當地說：

---

[33]　郁達夫：《中國新文學大系・散文二集・導言》。

「走後門去！」

這樣飯店的「後門」，通常只運東西或給「下等人」走的。我只得繞了一個圈子，從後門進去，到了電梯跟前，開電梯的把我渾身上下一打量，連手都懶得抬，用腦袋向樓梯擺了一下，直截了當地說：

「走樓梯上去！」

我只得一層又一層地走上去，會見了朋友，聊過一陣天，告辭了。

據說這位外國朋友住在這裏，有一種慣例：從來送客，只到自己房門為止，不越雷池一步。這一點，飯店的門丁、開電梯的，以及勤雜人員等等，都司空見慣了。不料這次可破例了。這位外國人不但非常親切而恭敬地握手言別，而且望著我的背影，目送著我遠去之後，才轉身回去，剛才不讓我走正門的門丁和讓我步行上樓的開電梯的人，都滿懷疑懼地閉在悶葫蘆中……

他噴了一口煙，最後結束說：

「這樣社會，古今中外，易地則皆然。可見穿著也不能等閒視之呀。」

　　作者把社會批判的鋒芒寓於平凡的敘述中，緊扣「衣著」放開來寫，舒卷自如，縮短了作者與讀者間的距離，使人在談天的氣氛中感受作者的深思。在 60 年代文學創作中普遍漫延著的浮誇虛飾的文風的時代條件下，曹靖華這種不造作、不神化、如實道來，娓娓而談的文風具有了特殊意義。

它給人的新鮮感受不僅來自於作品本身所敘述的故事鮮為人知，更在於這種不拔高人物，在生活瑣細中寫出精神的創作風格。當然，若不是大手筆，這種寫法往往會流於平淡。

曹靖華首先是一個翻譯家，然後才是一個作家，他的大部分作品都是在六十年代寫成的。就創作題材而言，他的作品涉及的生活面還不很寬，創作數量也不很多，但他畢竟以這種獨特的面貌給了我們美的感受和許多啟示。

（三）吳伯簫：鋪陳敘事、情融事中

吳伯簫（1906-1982），山東萊蕪人，散文家、教育家。20 年代在北京師範大學英語系讀書時開始發表散文創作。1938 年到延安參加革命。從此，他利用業餘時間創作他喜愛的散文。在各個歷史時期，都留下了自己的作品。解放前的散文結集為《羽書》、《煙塵集》出版，50、60 年代，出版過散文集《出發集》、《北極星》，新時期出版散文集《忘年》等。

吳伯簫的散文創作始於二十年代中期。早期的小品散文偏重於抒情，文辭優美。在新民主主義時期，吳伯簫最有代表性的散文集是《羽書》。該集出版於 1936 年，收入作者1931 至 1936 年間的作品，作者取名《羽書》，意在使文章像雞毛信一樣，「去告訴每個真正的中國人，醒起來，……把異族侵略的敵人一宿中間從中原版圖上肅清。」《羽書》與何其芳的《畫夢錄》、李廣田的《銀狐集》等作品，在三十年代抒情散文創作中，佔有不容忽視的位置，並以各自不

同的風格為散文園地增添色彩。司馬長風在他的《中國新文學史》中評價說：「僅有吳伯簫這個山東籍的作家，才把北方悲歌慷慨，快馬輕刀的豪情淋漓盡致的吐放出來」。30年代的吳伯簫確實有這樣一種豪放激越的氣魄。在文體運用上，他也做了認真的探索。在回顧自己 30 年代的創作時，吳伯簫說：「曾妄想創一種文體：小說的生活題材，詩的語言感情，散文的篇幅結構。內容是主要的，故事，人物，山水，原野以至鳥獸蟲魚：感情粗獷、豪放也好，婉約、沖淡也好，總要有回甘餘韻。體裁歸散文，但希望不是散文詩。」在《羽書》中，他努力嘗試這種風格，並有不少成功的作品。抗日戰爭的爆發，給吳伯簫的生活和創作帶來重大影響，他轉而致力於紀實性散文的創作，以質樸的文筆記述抗日軍民在反侵略鬥爭中的動人事蹟和精神風貌。表現了深沈的愛國主義情懷。從此他的散文創作風格轉向樸濁、渾厚、平實。與早期充滿抒情意味的作品形成鮮明對照。如《我還沒見過長城》等廣泛流傳的作品。

　　解放後，吳伯簫的創作題材發生了很大變化，60 年代創作的散文集《北極星》，創作題材集中在對延安生活的回憶上。「離開延安十五年回頭再寫延安，仿佛開始摸索到在文藝領域裏散文這條並不平坦寬廣的途徑。」[34]收入這本散文集的《記一輛紡車》、《歌聲》、《窯洞風景》等作品60 年代曾產生很大影響。在這些作品中，作者把筆伸向那些與當時的鬥爭生活緊緊連在一起的客觀事物，如紡車、菜

---

[34]　《無花果──我和散文》，1981 年第 5 期《文學評論》。

園、歌聲、窯洞等。他在延安生活達八年之久，親身參加過大生產運動，這些事物喚起他對當時生活的親切回憶，也給了他創作的激情。正如他在《記一輛紡車》中所寫到的，「想起它，就像想起旅途的侶伴，戰場的戰友，心裏充滿了深深的懷念。」他以單純明朗的基調，高揚的情緒和樸實的語言為已經過去的革命時代唱著真誠的讚歌。

較之那些充滿虛飾、浮華的頌歌體散文，吳伯簫的作品則顯得實在得多。他從親身經歷的一些生活小事著手，進行細緻的記述和描寫，從中展現一種精神。在他的作品中，很少見到大段純抒情的文字，激情總是在那些具體生動的敘述中流淌出來。

1956 年以後，吳伯簫進入寫作的新高峰。這一時期，他的作品大多輯入《北極星》。這些作品，既保持了早期作品中情思悠長的特點，又有後來作品的深沈和質樸。長期投身於民族解放事業的經歷使作者的思想得到昇華。在明朗樸實的文字中，蘊含著一種內在情感。

《記一輛紡車》是這些佳作中的一篇。這篇作品作為當代散文史上的名篇，被選入各種版本的作品選和各種教材，成為傳統保留篇目。作品以紡車為起點，追憶抗日戰爭時期在延安的歲月，抒發出豪邁的樂觀主義情懷。

作品一開始，作者借交代紡車的廣泛使用和指戰員們與它結下的深厚感情，以此寫出在抗戰最艱苦的時候，延安受到國民黨的封鎖，抗日軍民發起「自力更生、豐衣足食」的大生產運動。紡車，是這段生活、這種特殊的生活和氣氛的見證。

接著，作者以濃厚的興味追憶紡車的使用，學習紡線的

困難，學會紡線的喜悅，和以自己的勞動打破敵人封鎖的自豪感。更寫出這種生活中蘊含的詩意：

> 在紡線的時候，眼看著匀淨的毛線或者棉紗從拇指和食指中間的毛卷裏或者棉條裏抽出來，又細又長，連綿不斷，簡直會有一種藝術創作的快感。搖動的車輪，旋轉的錠子，爭著發出嗡嗡、嚶嚶的聲音，像演奏弦樂，像輕輕地唱歌。那有節奏的樂音和歌聲是和諧的，優美的。
>
> ……
>
> 線上在錠子上，線穗子就跟著一層層加大，直到沈甸甸的，像成熟了的肥桃，從錠子上取下穗子，也像從果樹上摘下果子，勞動後收穫的愉快，那是任何物質享受都不能比擬的。

作品描寫細緻生動，感情含而不露。然而，由於它敲擊著時代的鼓點，給讀者展示了一個健康向上的精神境界，因此，給人以美感。

再如《菜園小記》中寫道：

> 我們種的那塊菜地裏，韭菜以外，有蔥、蒜、有白菜、蘿蔔，還有黃瓜、茄子、辣椒、番茄，等等。……除了冰雪嚴寒的冬天，一年裏春夏秋三季，菜園裏總是經常有幾種蔬菜在競肥爭綠的。特別是夏末秋初，你看吧：青的蘿蔔，紫的茄子，紅的辣椒，又紅又黃的番茄，真是五彩斑斕，耀眼爭光。

　　他懷著欣喜和愉悅，描寫這些勞動的產物，它們是大自然的賜予，更是延安人用勞動換來的碩果，在作者筆下，它們不僅色彩豐富，「青的」、「紫的」、「紅的」、「又紅又黃的」，一派斑斕景象，而且，在「競肥爭綠」中，顯示出勃勃生機。作者沒有昇華、拔高他的立意，但當這些普通的事物成為作者的審美客體，當他以無限欣賞的眼光看著它們，更重要的是，進而揭示在創造的過程中，那種美的感受，就使其有了很強的藝術感染力。

　　這正是吳伯簫的成功之處。在平易自然的敘述中，傳達其藝術主旨，給人以啟迪。這就使他的作品與那些在自然景物的描繪和生活場景的展示中，生硬地加上一個革命觀念的作品明顯區別開來。

　　吳伯簫作品的語言也很有功力，他不刻意追求華麗，但在質樸中，卻見出洗練與醇重。長期以來，他寫延安生活的幾篇作品被選入各種教材，他也因此成為被大家所熟知的作家。

（四）碧野：美的頌歌

　　碧野（1916-），廣東省大埔人，散文家、小說家。碧野自抗日戰爭時期開始從事文學創作，1948 年之前，他的主要作品有報告文學集《北方的原野》、《太行山邊》、《在北線》等，長篇小說《南懷花》、《肥沃的土地》、《風沙之戀》、《沒有花的春天》，中篇小說《風暴的日子》、《三次遺囑》等，短篇集《遠行集》、《期待著明天》、《山野的故事》等。

　　建國以後，碧野主要從事報告文學、小說和散文創作。他曾兩次深入新疆，瞭解邊塞風情和新生活給這裏帶來的變化。他還長期以湖北西部山區為生活根據地，尋找生活素材。他先後創作了長篇小說《鋼鐵動脈》、《陽光燦爛照天山》、《丹鳳朝陽》，報告文學集《北方的原野》，散文集《幸福的人》、《在哈薩克牧場》、《天山南北好地方》、《邊疆風情》、《情滿青山》、《月亮湖》等。新時期，他仍有一些引人注目的散文創作。如《黃泥小屋》、《山高水長》等。

　　碧野那些反映邊疆風貌的散文主要是 1955 年和 1960 年先後兩次去新疆深入生活的收穫。其中，《天山景物記》、《邊疆如花的城市》等作品著意描寫那些極富邊塞特點的奇景，如雪峰、瀚海、鹽湖，草原、牧場、雪蓮、野馬、蘑菇圈⋯⋯，在作者筆下，這些景物極富明麗的色彩和詩的意蘊，把讀者自然帶進那個有著「清新的大自然風貌」和傳奇色彩的地方。如在《天山景物記》中，作者從外向內寫天山景象：

> ⋯⋯遠望天山，美麗多姿，那長年積雪高插雲霄的群峰，像集體起舞時的維吾爾族少女的珠冠，銀光閃閃；那富於色彩的不斷的山巒，像孔雀正在開屏，豔麗迷人。
>
> 天山不僅給人一種稀有美麗的感覺，而且更給人一種無限溫柔的感情。⋯⋯當它披著薄薄雲紗的時候，它像少女似的含羞；當它被陽光照耀得非常明朗的時候，又像年輕母親飽滿的胸膛。

　　接著，作者用這種「移步換形」的方法，逐次展開天山景色和各種珍奇物產，而其中的點睛之筆則是生活在天山深處的哈薩克牧民。在「迷人的夏季牧場」，不僅有肥壯的羊群、馬群、牛群，更有歡快的哈薩克姑娘：

> 有的時候，風從牧群中間送過來銀鈴似的丁當聲，那是哈薩克牧女們墜滿衣角的銀飾在風中擊響。牧女們騎著駿馬，優美的身姿映襯在藍天、雪山和綠草之間，顯得十分動人。她們歡笑著跟著嬉逐的馬群馳騁，而每當停下來，就騎馬輕輕地揮動著牧鞭歌唱她們的愛情。

　　碧野散文給人的突出印象是他樂觀向上的基調和生機勃發的熱情。他說「散文神馳宇宙，包羅萬象，上可以描繪日月星辰，下可以描繪草木蟲魚，縱觀歷史，橫看今世，眺望未來，抒人間之愛，寫山川之情，它以美的嚮往吸引人們的心。」[35]碧野散文的意向是明確的，它們大多趨向於同一旨歸，即寫美的頌歌，在他的筆下，山美、人美、情美。可以說，「美」是他創作的著眼點，更是他不倦的追求，而他藝術創作的個性也在此張揚起來。在政治中心的年代，碧野避開了那個特定時代的政治「熱點」，不「緊跟中心」，不粉飾現實，而是把筆伸向另一個生活的天地，寫艱苦奮鬥的主人翁精神，以此讚頌人們征服自然的偉力，寫邊塞風光，籠罩著詩情畫意的氣氛，帶有神秘感和誘惑力，使讀者為之

---

[35]　《碧野散文選・序》。

著迷‧傾倒。這樣，他的歌頌型散文即取得了廣泛的社會效果，又避免了極左政治觀念的制約，表現了創作的自主性和創造性。在藝術上，他也不以當時流行的「形散神不散」的散文觀念與模式規範自己，他說「我寫的散文，介於小說和詩歌之間。」[36]詩的意境是指作品中呈現的自然美和心靈美相諧和的境界，小說的手法是指他所運用的一些細節描寫，以一兩個中心人物結構作品，在抒情中穿插細緻的描寫。這些手法的運用，打破了傳統的散文創作模式，在特定歷史條件下，實現了文體的突破，從而也表現了作者在當代散文史上的獨特價值。

（五）郭風：在散文詩的天地中

　　郭風（1918-），散文家、兒童文學家，福建莆田人。先後做過報社、出版社編輯、教師等，後專門從事創作並擔任中國作協和福建省作協的有關領導工作。

　　郭風自抗戰時期開始創作散文詩，半個世紀以來，他在散文詩創作領域中耕耘不輟，取得了引人注目的成果。在散文創作隊伍中，像郭風這樣以極大的熱情和執著的態度從事散文詩創作的作家確實是獨樹一幟的。

　　郭風有一片純淨的心靈天地，相對穩定、溫馨的生活環境，對真善美不倦的追求，凝成了他平和、超然的秉性和曠達怡然的心態，也形成他特有的創作基調。對大自然的熱愛，對生命原初狀態、生命本質的探究和把握，對童真的讚

---

[36]　楊朔：《東風第一枝‧小跋》。

美，成為他作品不衰的主題。也成為它集詩人、散文家、兒童文學家於一身的內在原因。

　　從本質上講，郭風是一個詩人，他的大量散文只是用散文形式出現的詩，或者說是散文化的詩。他說，「散文詩作為一種文體，我個人以為它的本質、它的核心、它的最根本屬性是詩。」[37] 1950 年代之後相當長一段時間內，散文詩這種文學樣式一直受冷落，很少有人問津，而郭風卻　直在這塊土地上默默耕耘，成為兩棲於詩與散文之間的一位有個人獨特創造的散文詩家。

　　郭風散文詩的美感，首先來自於他創造的詩的意境。他善於抓住客觀事物的外部美的特徵，進行素描式或特寫式的勾勒，使作品展示一幅幅風景畫、風俗畫。如果順著作者描繪的畫面深入體味，便會感到，這既是實象，也是滲透作者主觀指向的意中之象，更可以從中體味到那蘊含在畫面之中卻又分明不在畫中的象外之象，這種象外之象不作暗示，不予點破，形成了氣韻悠遠的哲理的閃光。可以說，詩與哲理相伴隨，在悟性基礎上體現哲思意味，正是郭風的追求，也是他的特色。在作品結構上，郭風也以詩的形式來處理，這主要表現為作品的跳躍性和大跨度，作品以有限的文字為引導，召喚讀者進入更廣闊的想像天地，即朱光潛先生所說的以「無窮之意達之以有盡之言」的境界。[38]

　　《葉笛》、《風力水車》等作品比較集中地代表著作者的藝術風格。

---

[37]　郭風：《散文詩瑣論》。
[38]　《朱光潛美學文集・第二卷》。

那在空中遊蕩的風，

你把它呼喚過來；

那在天上推動著雲行走的風，

你把它呼喚過來；

那在林梢吹著呼哨的風，在樹林間捉迷藏的風，

那從山谷裏剛剛跑到我們田野裏來遛達的風，你把它
們召集在一起；

啊，好像海上的風帆一樣，有著白色翅膀的風車，好
像童話中的白鳥一樣，張開白色的翅膀的風車，我看
見你把四面八方的風，把它們所有的力量和智慧都集
中起來了；

於是，我看見你在那裏飛旋著、又飛旋著；我看見你
好像一朵巨大的白玫瑰，開放巨大的白色花瓣，在半
空中飛旋著又飛旋著；我看見你好像一個巨大的太
陽，在空中降落在我們田野裏的林梢，在閃閃地發著
白光，在飛旋著又飛旋著；

於是，在你的下面，搭在溪岸上的水車，便把水流像
飛瀑似地吸到岸上來，把從山澗流下來的、萬年不竭
的清泉，像飛瀑似地吸到岸上來：

灌進我們的萬頃的良田裏呵！

　　作家的一片詩心跳蕩在字裏行間，想像的風帆也在這裏張
開。散文的句式，詩的旋律、詩的語言構成了郭風獨特的風格。

　　再比如他的名篇《葉笛》（五首）[39]中有這樣的句子：

---

[39]　《人民文學》1957 年 3 月號。

啊，故鄉的葉笛。

那只是兩片綠葉。把它放在嘴唇上，於是像我們的祖
先一樣，

吹出了對於鄉土的深沈的眷戀，吹出了對於故鄉景色
的激越的讚美，

吹出了對於生活的愛，吹出自由的歌，

勞動的歌，火焰似的燃燒著的青春的歌……

像民歌那麼樸素。

像抒情詩那麼單純。

比酒還強烈。

《葉笛》代表了 50 年代中期中國散文詩創作的最高成
就。作品謳歌鄉情，把愛自然、愛家鄉、愛社會主義新生活
之情融為一體，表現了作者真實的頌贊之情。也深深地烙上
了時代的印迹。

1978 年，郭風的散文詩創作進入了一個新階段。晚年
的他，開始走向沉鬱、厚重。作品的色調也不再是一味的暖
色，而有了內蘊更加豐富，包含著更多人生況味和世事滄桑
的語言和冷色調的意象。

月亮好像一枚冰冷的黃玫瑰，北斗好像幾顆冰冷的寶
石。我看見月光和星光把烏桕樹和梅的樹枝，畫出樹
影來，畫在溪岸的草地上。

——《夜霜》

夏夜，看不見是堤岸的、無始無終和黑暗、空洞的銀

　　河朵中，有一顆未名的星，有如一粒沙、一滴眼淚向
　　我發光；與此同時，曠野的深處，微茫的光和黑蝛蝛
　　的野草中間，剛剛開放的野茉莉有如泡沫，向我發來
　　一縷芬芳；斯二者：未名的星和茉莉的花朵，在我的
　　目中和我的意念中邂逅，使我一時感悟：星的空洞和
　　茉莉的花朵的空間，以及哲學中有關永恒和刹那的觀
　　念，好像一時共同信奉一種宗教，忽然變得如此親
　　近。這是夏夜。

——《夏夜偶得》

　　這些文句已沒有了《葉笛》似的豪邁和昂揚。作者以月、星為感情客體，而將自己複雜而豐富的人生感悟和對現實生活超越性的理解滲透其中，使作品有了更大的容量，在有限的文字之中，包蘊著更多耐人尋味的東西。

第三章

多元複調時代與藝術共生局面的形成

　　新時期是中國當代散文走向新的發展和繁榮並向更高層次過渡的階段。其最大的特點是以自由的姿態和多元的藝術追求顯示了鮮活的生命力。

一、新時期散文的人文背景

　　1976 年，以「無產階級專政」為名對中國人民實行法西斯專制的「四人幫」被推上了歷史的審判台，從此結束了摧殘文化、摧殘人性的「文化大革命」。使中國人民在政治上得到解放。中國共產黨十一屆三中全會提出了「解放思想」的主張，文藝界也開始了對十年「文革」所造成的破壞和前十七年文藝思想的深刻反思。

　　1979 年 11 月召開了第四次全國文學藝術工作者代表大會，會上，鄧小平代表黨中央和國務院致了「祝辭」，明確指出，「要著重幫助文藝工作者繼續解放思想，打破林彪、

『四人幫』設置的精神枷鎖」。又說：「文藝這種複雜的精神勞動，非常需要文藝家發揮個人的創造精神。寫什麼和怎樣寫，只能由文藝家在藝術實踐中去探索和逐步得到解決。」並且重申了「百花齊放、百家爭鳴」的文藝方針和「三不主義」（不打棍子、不戴帽子、不抓辮子），為文藝界的撥亂反正，為糾正錯誤路線造成的種種惡果、為給大批蒙冤的作者和作品昭雪提供了強有力的支持。

　　文藝界的解放思想、撥亂反正，從批判林彪、「四人幫」在「文革」中所推行的封建文化專制主義開始，逐步向反思「前十七年」的經驗教訓延伸，對文藝發展的一些根本性問題開始了深入探討，這種探討對創作的影響是顯著的。

　　文學創作也從批判「四人幫」「幫文藝」開始，進行歷史反思，被賦予了當時思想解放的開路先鋒的使命。由於根深蒂固的政治前理解與長期形成的工具論文學範式，批判「幫文藝」的潛在思維模式依然是政治「從屬論」和「工具論」。這是我國社會生活中長期形成的政治一體化思維模式的慣性使然。因此新文學的發達實際上借助了更多的非文學因素。它超越地負載了啟蒙與政治鬥爭的重大使命而居於當時中國的社會生活中心。因此使這場運動有了遠非文學所能容納的更為宏大的規模、更加明顯的效應，也吸引、裹攜了大量的文學同路人加入行列，成就了一次世界美學文藝學歷史上人數最為眾多的理論運動。在對「文革」和「前十七年」文學狀況進行理論反思的同時，創作也呈現新的局面。

二、新時期散文的發展歷程

（一）記事懷人、回憶反思（1979-1982）

從「傷痕文學」到「反思文學」，是整個新時期文學最初階段的共同走向。散文也未離開這個基本發展軌迹。由挽悼散文到包蘊著更多內容的回憶反思性散文，標誌著散文創作發展的一個必然過程。

1978 年 12 月，《人民日報》發起「丙辰清明紀事」徵文，以 1976 年「天安門事件」為題，徵集各方面作者的文章，以親身經歷和感受，記敘這一重大歷史事件的前前後後，其中蘊蓄著強烈的真實的感情。無論是控訴還是期待，都發自內心深處，都是心靈之聲的自由表達。它的最重要的價值還不在於對歷史事件的描述和記載，而在於對自由創作心態的自覺追尋和初步實踐，這應當說是文學向前邁進的重要一步。

在小說界出現引人注目的「傷痕文學」的同時，一大批飽蘸血淚的挽悼散文也同時出現了。作者以沈重的心情記敘親人和故友在「文革」中慘遭迫害、含冤而死的悲痛往事，對製造這場民族悲劇的「四人幫」進行了血淚控訴。儘管，作品所涉及的大多是個人生活磨難，表達的是個人內心情感。但由於這是整個民族共同經歷的一場磨難，大多數人都受到不同程度的傷害，因此，這些作品所表達的就不僅僅是個人一己之情，它所產生的社會影響，也遠遠超出了一般的文學作品。如陶斯亮的《一封終於發出的信》，巴金的《懷

念蕭珊》，樓適夷的《痛悼傅雷》，丁寧的《幽燕詩魂》等
作品，被爭相傳閱，其影響之廣，是散文史上不多見的。另
有一些懷念老一輩革命家的作品，如毛岸青、邵華的《我愛
韶山的紅杜鵑》，巴金的《望著總理的遺像》，劉白羽的《巍
巍太行山》，秦牧的《深情注視壁上人……》等作品則表現
了一種昂揚激越的情懷。另外，張志民的《憶蕭三》，丁一
嵐的《憶鄧拓》，陳荒煤的《阿詩瑪，你在哪裡？》，茹子
的《永恒的紀念》等作品也都受到讀者歡迎。這些作品儘管
還沒有涉及更廣闊的生活畫面，但它所表現的悲愴情懷，它
所體現的真實性原則，為當代散文開了一代新風，成為新時
期散文發展的重要開端。

　　隨著新時期文學不斷向縱深發展的總路向，散文作家也
逐漸從傷痛中沈靜下來，開始有了更多的歷史內容和更多的
反思。在感情的表達上，也顯得更加含蓄、曲折、深沈。心
態上也逐漸趨於沖淡、平和。如巴金、孫犁、丁玲、韋君宜
的作品，從個人感受出發，表達對生活的深層認識。參予社
會生活，思考政治問題，抒發人生感慨，雖然與其過去的作
品一樣，都肩負著沈甸甸的歷史使命，但心境上卻從容得
多，也鬆馳得多，並因此而有了更多的理性因素。而更多的
作品已經從對「文革」所造成的人生痛苦的回憶中逐漸走出
來，使回憶性散文包蘊了更寬廣的內容。對童年生活的回
憶，對愛情、對人生中美好事物的深情眷戀、對和諧、健康
的人際關係的嚮往，使回憶性散文具有了更多的抒情意味，
也更進一步貼近了生活的豐富性。作家的個性特點也能在作
品中得以更充分的展現。散文創作逐漸向多元化方向發展。

（二）多元複調時代與藝術共生局面的形成（1982-1988）

　　1982 年以後，中國當代文學進入黃金時期。思想解放運動給文學帶來廣闊的天地。從創作題材到表現形式都發生著深刻的變化。散文也有了新的生機。最突出的表現是：創作的模式化被徹底打破。創作上的多元化趨向基本形成。在內容上，已經使更多的生活素材進入創作，人生的各個方面、社會歷史的演進變化過程、山水風光都進入創作視野，使散文真正成為一本生活的「大書」，展示著廣闊的生活天地。

　　在敘述方式上，許多作家已不再囿於「借景抒情」、「托物言志」的模式，而更多採用不規則的抒寫方式。在結構上，已完全打破了「三大塊」的模式，作者已有意衝破「起承轉合」、「首尾照應」的「規則」，不再以「形散神不散」來結構作品，而隨情緒、心靈流動進行各種形態的自由創造。如林非所說，「為什麼『神』只能『不散』呢？事實上一篇散文中的『神』，既可以明確地表現出來，也可以意在不言之中，這有時甚至比直白地說出來，還要能強烈地震蕩讀者的心弦。為什麼『形』只能『散』呢？形式上十分整齊的近似詩的散文為什麼就不能寫呢？事實上這種佳篇是很多的。」[1]這段話實際上是對散文創作的文體自由度的具體展示。

　　就作家陣容而言，散文作家的隊伍不斷擴大，成為中國歷史上散文作家最多，作品數量最多的時期。

---

[1]　《散文的使命》，灘江出版社，1992 年，24 頁。

（三）市場條件下散文的走紅與讀者期待（1989-2000）

　　人們還清楚地記得，在當代文學從觀念到創作都發生了重大變革的 80 年代，儘管如前所述，散文作家以多元的藝術選擇和創作實績顯示了其生命力，但就閱讀效果而言，比起其他各類文學體裁所表現的亢奮情緒和創新成果來，散文卻顯得過分平靜。當小說、詩歌、戲劇等各類文體相競在文壇顯示引人注目的成就，「朦朧詩」、「意識流小說」、「尋根小說」、「先鋒派小說」、「紀實小說」、「現代派戲劇」等輪番爭雄時，散文卻一直相對沈寂，雖然也有騷動，有變化，有全國性的評獎，也有各種形式的散文「徵文」，有數個專門的散文刊物和各文藝期刊，各類報紙上為散文設置的足夠多的版面，然而，終究未能迎來一個真正的散文的春天。散文家悲涼地說，「面對寂寞的散文世界」。[2] 文學評論界也不得不承認，「唯獨散文，雖有騷動，有變化，但還沒有真正地『熱鬧』過」。[3]甚至還有人做出這樣的斷言，「散文正走向滅亡；散文本來就是多餘的文體；而為這種多餘的文體去奮命疾呼，其結果，任何努力都注定是徒勞的」。[4]這種觀點在散文評論界引起反響，有人首肯，有人激烈反對，由此帶來一場並未引起社會廣泛關注，僅在散文評論界展開的討論。

　　正當關於散文現狀與命運的討論還在繼續，當代散文仍

---

[2]　王英琦《面對寂寞的散文世界》，《文學評論》87 年第 3 期。
[3]　佘樹森《當代散文之藝術嬗變》，《北京大學學報》89 年第 5 期。
[4]　黃浩：《當代中國散文：從中興走向末路關於散文命運的思考》，《文藝評論》1988 年第 1 期。

舊邁著均勻的步子行進時，散文卻在理論界、創作界都毫無準備的情況下，突然在市場走紅了。

人們看到，在暢銷書排行榜中，大量散文創作與通俗文學作品一起擺在顯赫位置上，一批現代作家如周作人、林語堂、梁實秋、郁達夫、張愛玲、徐志摩、錢鍾書等人的作品被編輯成各種集子，選而又選。當代一批學者文化散文、女性散文、西部散文等和梁鳳儀、金庸、瓊瑤的作品一起擺在各種書攤上，和各種流行小說、充滿奇聞軼事的市井文學一爭短長。在文化市場中，散文成了一種有利可圖的商品，成了出版者和銷售者追逐利潤的搶手貨。尤其受到青睞的是以下幾類作品：

首先是閒適散文布成了陣勢。二、三十年代胡適、周作人、林語堂、梁實秋、豐子愷、徐志摩等作家的閒適之作大量印刷、再版，「新時期」以來出現的汪曾祺、賈平凹的作品走紅，新的「閒適」小品也隨處可見。一些八十年代曾以積極參與介入的姿態從事文學活動的人，也突然「閒適」起來，談紅樓、話語詞、聽秦腔、談冬泳，在悠閒的文人情趣中，「消解了若許憂煩」。

與閒適散文相對應的是有著憂患情懷的學者文化散文。在圖書市場上，學者文化散文也有很大的讀者群，受到關注。這一類散文在追求人類精神的內在性上與閒適散文形成對照，作家落筆或許是在一個自然景觀，一段生活趣事，甚至一片葉、一朵雲上，但卻探究下去，努力走向寬闊與深沈，走向文化思考。季羨林、馮其庸、金克木、林非、潘旭瀾、余秋雨、周國平、張中行、黃裳、王充閭、黃秋耘等人

的作品，人都筆墨散淡、蘊蓄深厚、視野宏闊，追求深度。如余秋雨的《文化苦旅》，縱覽歷史與人生，借山水風物以尋求文化底蘊與歷史真諦，探尋中國文化的巨大內涵和文化人格的構成，透示出極大的歷史滄桑感和宇宙感。如周國平的《人與永恒》、《只有一個人生》，都是在「生命的一次性」的前提下，探討人生意義。張中行散文，記說前塵影事，筆力老到，禪悟人生，表現一種超然境界，也表現了對生命意義的探究。

女性散文在近年的圖書市場上也引人注目。20 世紀上半葉在文壇嶄露頭角的女作家冰心、蕭紅、張愛玲、凌叔華、石評梅等人的作品至今仍有眾多的讀者，而 80 年代以來形成的女作家群也顯示了強大的陣容和創作實績。冰心、楊絳、張潔、宗璞、張抗抗、舒婷、李天芳、葉文玲、葉夢、馬麗華、斯妤、王英琦、韓小蕙等人的作品在新時期文學「向內轉」的大趨勢中，以其「自我」的回歸和個性的張揚展開了一個與男性世界不同的審視生活的角度和獨特的生命體驗，並且歌頌愛與美，關注自身命運和現實人生，致力於對人類生命的感悟與審視，反抗與超越。而臺灣作家張曉風、梁鳳儀、龍應台、三毛等的作品又使女性文學增加了更豐富的內容。

總之，不同的作家、不同風格、不同藝術格調的散文一起被接受了。同時也把一個問題擺在了人們面前：散文自身發生了什麼？為什麼讀者選擇了散文？散文這個被稱為「現代文學中唯一存活著的古典的」文體，突然在讀者的認同中，煥發了生命力。在曾經雄霸文壇，熱鬧顯赫過的文體都冷寂下來的時候，散文卻似乎成了承載著純文學、雅文學生

存希望的一個載體，在文壇上證明著自己，和大量通俗文藝作品一起走紅了。為什麼在通俗文學佔領了讀者市場，嚴肅文學、精英文學面臨嚴峻挑戰、日漸冷落蕭條的時候，散文卻一枝獨秀，為讀者所選擇？這種選擇對於散文乃至整個文學發展的意義何在？這一切是如何發生的？是偶然還是必然？它的發展前景如何？對這種閱讀傾向的順應和引導可以產生怎樣的歷史性成果？這些問題的提出，給理論界展示了一個很大的研究空間。

三、新時期散文的審美形態

（一）個性意識復歸、抒情意味增強

如前所述，「十七年」散文創作雖然有成就，有成功的作家作品，但因為其沒有思想解放的人文背景，沒有開放的文化環境。在大一統的時代條件下，作家在思想上不能獨立思考，言必己出，形式上也不能博採眾長、自由創新，這對於散文這種以抒發個人主觀感情為主的文體，是致命的束縛。所以，心靈的不自由導致創作從內容到形式的僵化，以至到「文革」期間，發展到極致。散文的變革勢在必行。

80 年代，是「五四」散文精神回歸的時期，這種回歸主要表現在：反叛傳統的批判性鋒芒和對現代文明的呼喚；注重個性和題材的豐富性的努力；追求精緻化的藝術趣好和對傳統表現形式的反撥；對文化問題的關注和深入思考。這

一切，形成散文創作中的多元藝術共生局面。

　　「五四」散文的一個重要特徵是個性的張揚，是「人」的發現，而五六十年代散文的所有不足和遺憾都與個性的淡化有關，那麼，80 年代散文對「五四」人文精神的回歸從個性意識的復歸開始也就成為必然。

　　以康得以來認識論為基礎的主體性哲學在新時期前期是與反思文革、撫平創傷撥亂反正的時代潮流　致的。它以西方近代人道主義與人性論的基本理論為依據，肯定人類世界是主體的創造。這在批判以階級鬥爭為綱時代對人性的肆意踐踏上有著重要的積極意義；在反對機械唯物論的認識論忽視人的主體性，以反映論代替歷史觀和價值論上，具有不可低估的功績。同時，在實踐上打破了極端化的政治意識形態鬥爭中心論，逐步恢復藝術的審美本性、藝術創作的自由、主體的創造性、獨特性。尤其是恢復了對人的關注。

　　這種復歸首先表現在散文主題意向的「向內轉」。如前所述，十七年的散文最大的特點是有意表現自我之外的「大世界」，有意將個人的情感與時代精神匯合，以「載」他人之「道」。80 年代散文首先表現了作家的創作視點開始向自身轉移，通過個人的切身體驗表現對生活的看法。最早的成就是那些表現自己或親人至友在「文革」中受到嘲弄、冤屈、蹂躪的不幸經歷的回憶性散文。如巴金的《懷念蕭珊》、陳白塵的《雲夢斷憶》、林非的《我和牛》、柳萌的《安居不忘流浪時》、韋君宜的《當代人的悲劇》等作品。其中，不僅有個人曲折的經歷、心靈的創痛，更有作者由此闡發的人生感悟。這些作品大都高揚起一個大寫的「人」字，達成了

對身罹極左政治劫難的社會與人深刻體察，對美好人性的真誠呼喚，從中可見作者反思現實社會、文化傳統、人類自身的自覺精神追求。其中最有代表性的是巴金和孫犁的創作。

巴金散文的最高成就是在經歷了十年浩劫之後寫出的五部《隨想錄》。這是巴金對中國當代社會政治、文化及人生的全部探索的產物，是他對一系列矛盾和困惑作出的深沈的思考和回答。其中最為深刻的是那種認真、嚴格的自省、自我解剖、自我感悟。這是一個知識份子對自身的反觀，也是對我們民族的歷史與未來的強烈關注。

與巴金的創作風格不同，孫犁對生活的感悟往往以另一種筆調表現出來。新時期以來，孫犁把主要創作精力放在了寫散文上，他寫自己的經歷，寫自己對美的事物的追求，即使寫人生的痛苦，也是以內化詩情的方式，將感情的湍流化為平淡，其中包蘊著濃重的情感。表達對人生況味的深層感受。

個性意識的復歸在一些中青年作家散文中亦有體現。他們不僅關注心靈問題，以自然景物喻人物心理，而且不少作家已直接涉及到人生的一些根本性問題，如生與死、苦與樂等人類情感，那種滲透在人的生活深層的文化內蘊及潛在心理結構，那種具體的社會生活內容中所表現的生命形態。其中成就最突出、最有代表性的當推賈平凹。

（二）「閒適」與散文的世俗化傾向

在八十年代末九十年代初悄然興起，並且很快進入流行

文化行列的閒適散文對散文的深度追求提出質疑，成為值得研究的文化現象。它的主調式表現為從崇高走向小品、詼諧、幽默、輕鬆之喜劇的發展趨勢。追求寧靜淡泊的藝術情境，情緒自然、語言親切、娓娓道來，擺脫了那種無病呻吟的矯飾文風，也避開了帶有悲劇性的感傷主義情調，較充分地體現了散文這種文體的本義。但當深入體味時，卻能發現輕鬆掩飾著對人生的無奈和對社會的道義責任的逃脫，是對「五四」以來散文創作追尋「意義」的「深度化」的散文的背離，其中深蘊著作家的精神矛盾。

當然，在一些「閒適」性作品中，實際上也往往是在清閒淡泊的美學追求中滲透對生活的深度理解和深意探究。在這類散文中，既有對無序的、消閒的優雅趣味的公開追求，對懷舊風尚的迷戀，也有一種在對日常生活瑣事的描繪中導引出來的對「意義」的探尋。兩種不同的期待來源於對同一類文學體裁的閱讀，恰恰是在這裏，文學的功能得到多方面發揮。

閒適文化的興起與社會文化變革有密切關係。經濟佔據社會生活的中心地位後，市場經濟對文化的佔有促成了一些新的文化現象的產生。億萬人民把毛澤東當神當圖騰崇拜的時代已經過去，信仰發生了危機，同時也留下大眾精神需要的空白。文化消費品成為時尚，在這種社會條件下，「閒適」性作品本文中的整體意義不復被注意，人們只是對那些片斷的文化素材和代碼感興趣，因此，閒適作品精練明快的特點成為一種文類優勢，使人在片刻中沉醉休息，為處在商品社會激烈競爭中的人們提供一片寧靜的憩息之地，使傳統文化

中的名士精神有了新的土壤。

　　寫作閒適散文的作家大多對人生報有「智」的達觀超然的態度：對人生必有的缺憾坦然處之，認可了人生的相對性，因而避開絕對痛苦。這是對人生有限歡愉的一種退守，一種固守象牙之塔的名士精神，有一種「萬物靜觀皆自得」的從容和對人生困境的遠離。但其中所表現的超然態度有虛假性，其中一些作品已經變成商品化和大眾傳媒制約下的消費文學的一部分。

　　這些作品內容大多無關宏旨，寫凡人瑣事，談論飲食、衣著、花鳥、閑情、雅趣、起居、煙酒、茶點、小吃及語詞、民俗、典故等，或寫身邊瑣事、回憶童年趣事，構成新的文學景觀。

　　還有一些作品表現一種道禪精神、閒適性情，通過尚拙簡，苦吟山石、月亮、神鬼，莊禪，而和 20 世紀傳統文人情趣極濃的林語堂、梁實秋、周作人接上軌。

　　這些散文是從轟轟烈烈、激揚文字向「居家」讀書、對月清賞的日常生活的退守。從這個意義上講，閒適散文的出現與走紅就不僅僅是作品內容的一種轉移，它成為一種有意味的選擇，成為文化變革期，當代文人通過寫作行為和語言建造退避之所的努力。他們使散文走進了最平俗的日常生活，談「故鄉的食物」（汪曾祺），談自己日常的起居飲食（孫犁），談開門七件事，油米醬醋茶（憶明珠），或者讀幾本閒書，談談藝道。總之，在一味的閒適中，顯示一種日常生活的詩性。甚至一些作家從文學功用上來理解這種題材的轉換。「中國人經過長期的折騰，大家都很累。心情浮躁，

需要平靜，需要安慰，需要一種較高文化層次的休息。……散文可以提供有文化的休息。」[5]在閒適散文這裏，文學的娛樂休息功能得以充分體現。

但是，當這種文學向日常生活的靠攏一旦無限度無選擇時，一旦它逐漸丟失了文學的詩性品格，而僅僅成為轉繞生活場所所彌漫的氣氛和心情的表白，甚至成為一些作家文人生活起居的流水賬簿、成為「名人打噴嚏」的記錄時，它的消極性也就逐漸顯示出來。當它在注重文學的「娛樂、休息」的功能時，完全消蝕了與日常生活的距離，而並不以「較高文化層次」為其藝術的自覺追求時，它終會因此而失去讀者。

（三）理性色彩與深度追求

如前所述，作為對禁錮個性的散文狀況的反撥，散文從書齋走向平凡人的生活，一部分作家開始關注凡人小事，關注現代人的世相與心態。也有一些作家寫「小花小草」及由此觸發的小感悟。但另一方面，創作中的人文精神進一步增強。一些作家將對生活的關懷昇華為一種文化意識，一種精神意向，向深層發掘，在這種掘進中，仍然保持著清醒的批判性。這兩種路向各有其產生的當代原因，而它們共同構成了當代散文豐富的表現域界。

任何一種文化，都是對人類存在狀態的一種解讀，一種追問，在這種解讀和追問中，顯示著本體論的自覺。這是一個邏輯的也是歷史的問題，從漫漫時間長河中，我們看到，

---

[5]　汪曾祺：《散文的輝煌前景》。

那些真正留下來的優秀的作品都是從不同側面傳達了人類的基本精神，人類對於生存狀況的思考和改變現狀的迫切願望。

在討論新時期散文創作時，重新提出這一命題，其現實意義在於，當 20 世紀後半葉後工業社會到來，當人類數千年來的文化精神和價值體系正在和將要經歷重大的歷史變遷，當這種變遷對人類社會產生了彌散性影響的時候，當現代主義試圖消解人類對永恒、深度模式的追求而以極端的方式向「無深度的平面」的臨界點遷徙的時候，文學創作的深度追求還是否可能？當中國當代文化受市場經濟的制約，當散文在「文化工業產品」製作的大潮中走紅，而且產生了商業價值的時候，對意義的探究，對生活的深度理解，對文化的關注和自覺選擇，對審美趣味的終極性追求是否還有存在的理由？90 年代以來，中國學術界曾經熱切關注這一問題，並展開積極的討論，散文創作也在這種討論中發展了自己的文化品格。

文學作品在其意義生成的過程中，總是和文化的發展有著密不可分的內在聯繫，總要表現一定時代的人文精神。人文精神：是對「人」的「存在」的思考；是對「人」的價值，「人」的生存意義的關注，是對人類命運，人類的痛苦與解脫的思考與探索。它更多是形而上的，屬於人的終極關懷，顯示了人的終極價值。它是道德價值的基礎與出發點，而不是道德價值本身。呼喚人文精神，當然不能和社會問題割裂開來，但是它作為道德的基礎應該是超越問題層面，具有終極關懷的性質。因此，那些最關乎人類生存的實踐精神主題

的理解，才一直有著最重要的意義。也只有那些與今天的人類所思考的問題更貼近的理解，才被啟動而居於當下理解的核心。無論社會發生什麼變化，無論生活走到了什麼程度，對意味世界的探尋，對歷史深度的把握，對審美視界的建構都將是使文學具有永久生命力的深層意義所在。

這種對於人文精神的關注，對於終極價值的追問，無疑是人類的一種本體論的自覺，它是人類為詮釋自身的存在狀態而尋找的支點。或者說，是人類為建構自身而尋求的自由境界。不同的終極價值、文化體系之間，不存在一個共同的可以普遍通約的本體論框架，但無論是何種樣的特定文化背景下從事人類精神活動，從事藝術創造，它所產生的真正優秀的作品都必然是一種生存方式的內化和觀念形態的文化在作家審美心態中的凝結、沈澱，是一種內隱的行為模式。是對自然和社會的關係的思考，它必然具有一定的現實超越性。有一種對於人類自身的完善要求。如西美爾所說，「人的完善實現的是主體自身和主體之外的最高秩序的價值。」「人的完滿發展應該和能夠與人的精神存在須臾不能分開，只有人的精神才包蘊著發展的潛能，其目的僅由人的本質的目的論來決定。」[6]

散文，由於它和現實十分切近的關係，由於它反映客觀對象的非虛構性和表現內心的真實性，使它與文化的內在聯繫以十分直接的方式表現出來。正是對於人類精神現象的關注和對於一些大文化主題的積極探究，使新時期散文理性色

---

[6]　《論文化的本質》，轉引自《德國哲學》第 2 期第 194、193 頁，北京大學出版社，1986 年。

彩不斷加強。尤其是在學者散文中，進一步表現了對文化的關注和深度追求的自覺，表現為對人生「情」的態度，對自我和世界的感性經驗的自由書寫，對個人自由的發現和呼喚，對人與世界的內在關係和歷史演進過程的關注，對生活現象所蘊含的深層文化內涵及潛結構中的意識網路的探究，對生活跨越本體描寫的寓意容量的追求，對人生根本性問題的形而上思考。作家們努力以才學識趣把讀者引向一個經深心明眼提煉過的世界，理性、知性和悟性相融合，以質先於文的深廣內涵，強烈的文化使命感和對精神自由的迫切追求為散文的發展做出了重要貢獻。

第四章

回憶反思 體味人生

　　1978 年至 1982 年，是粉碎「四人幫」後，文學的恢復期。「文革」這個噩夢般的時代，給民族造成巨大劫難，給許多人遭遇種種磨難，留下痛苦的回憶，留下深刻的心靈創傷和極大的精神痛苦。文化專制帶給人們的不僅是肉體的戕害，更是精神的迫害。幾乎人人都有一部坎坷的心靈史。新時期到來之後，最先在文壇上引起注意的即是飽蘸血淚寫成的「傷痕文學」。

　　文學要「說真話」，這個文學創作最基本的，無須更多論說的要求，卻成為新時期文學無法迴避，而要最先面對的問題。這就要求文學創作從政治的從屬地位解脫出來，表現出創作主體的自覺。經過文革十年的思想禁錮，人的心靈世界受到壓抑和扭曲，而要真實地、獨立地表達自我的感受和體驗，則需要經過巨大的心理調整。重新啟開內心世界。

　　對於一個不合理時代的回顧和反思，對於個人的情感、經歷和獨特的心理感受的渲泄，必然引發許多如泣如訴的文字。經過巨大的傷痛，人們首先要對其進行回顧和清算。回憶、懷人、挽悼成為新時期最初幾年各種文學體裁的共同走

向。「文革」給許多人帶來人生經歷的坎坷和種種磨難為創作提供了大量素材，也促使人們去嚴肅地思索許多過去從未認真面對的問題。

在最初的幾年裏，這種複雜的感受首先是以帶著強烈感情色彩的回憶、挽悼性作品來表述的。回憶、懷人、挽悼成為新時期最初幾年各種文學體裁的共同走向。散文也不例外。大量飽蘸血淚寫成的哀悼親人、亡友的作品，成為新時期散文最初的歌。儘管這些作品還是告別噩夢後人們發出的第一聲沈悶的聲音，是文學經過長時間失語之後的最初的呼喊，但它已經沈澱著較多的歷史內容。而且，它所表現的鮮活的生命形態、情感的真實可信度都是「十七年」散文所無可比擬的。

只有到這時，文學才真正告別了傳聲筒的時代，告別了「大一統」的創作模式，而成為作家個體生命的展示。抒個人之情，訴個人之精神苦痛，將性靈的追求與走進更廣闊的生活的願望結合起來，成就了一批作家作品。

一、巴金：清算歷史性荒謬，反思知識份子的精神史

1966 年至 1976 年，老作家巴金經歷了人生道路上最大的精神磨難，也經歷了創作道路上從未有過的長久的沈默。粉碎「四人幫」之後，他已經年逾古稀，但民族的噩夢和個人的屈辱使他不能放下這枝筆。他要清算「文革」的罪惡，

使這民族的悲劇不再重演,他要對當代中國的社會、文化及人生進行新的思索,尤其是要進行一次深刻的靈魂拷問,對知識份子的人格獨立性進行嚴肅的審視,以期用這份重要的精神產品譜寫生命的最後樂章。

作為這種思索結果的是五卷本的《隨想錄》。《隨想錄》包括「隨想錄」、「探索集」、「真話集」、「病中集」、「無題集」五個部分,共 150 篇作品。

(一)用真話建立起「揭露『文革』的博物館」

「五四」以來,中國知識份子承擔起了反對封建專制主義的歷史責任,並一直為此做著艱苦的努力,付出了幾代人的心血。可是,這一任務遠沒有完成。新中國成立之後,專制的話語也並未結束,到「文革」時期再次被推向高峰。

在《隨想錄·合訂本新記》中,巴金說自己這五卷書「就是用真話建立起來的揭露『文革』的博物館」,為的是讓後世子孫記著「文革」這民族的歷史的悲劇。

《隨想錄》中,用相當多的篇幅回顧「文革」這段特殊的歷史,從個人和民族的種種經歷中,直接揭露林彪和江青一夥的罪惡,並從這段荒誕的歷史引發對民族發展所需要的健康寬鬆的環境、民族根性及其改造等諸多反封建問題的深入思考。《一顆桃核的喜劇》從沙俄皇位繼承人吃剩的一顆桃核被送給外省小城太太們的荒誕的故事寫起,自然聯想到林彪、四人幫大搞個人崇拜、現代迷信,演出的一幕幕鬧劇。「當時的確有許多人把肉麻當有趣,甚至舉行儀式表示慶祝

和效忠。這種醜態已經超過十九世紀三十年代沙俄外省小城
太太們的表演了。」巴金追溯這種現象產生的歷史根源，「它
們都是從舊貨店裏給找出來的。我們有的是封建社會的破爛
貨。非常豐富！……『四人幫』打起『左』的大旗，大吹批
孔，其實他們道道地地在販賣舊貨。」作者沈重地告誡人們：
「封建毒素並不是林彪和『四人幫』帶來的，也不曾讓他們
完全帶走。我們絕不能帶著封建流毒進入四個現代化的社
會。」反封建的命題五四以來一直被中國知識份子所關注並
為之付出了巨大的努力，在回顧「文革」這段歷史時，巴金
追根溯源，深挖其封建老根，表現了歷史的深度。

　　更可貴的是，在《隨想錄》中，巴金清算「文革」的歷史
性謬誤時，並沒有僅僅把自己當作政治暴虐行為的受難者，
而是把「我」、「我們」，把知識者群體也放在這段歷史進
程中，做一認真審視，甚至做出了毫不留情的解剖和清算。

　　他深刻思考，為什麼「四人幫」能夠如此肆虐橫行？他
說：「我們不能單怪林彪，單怪『四人幫』，我們也得責備
自己！我們自己『吃』那一套封建貨色，林彪和『四人幫』
販賣它們才會生意興隆。」[1]

（二）在靈魂的煉獄中走向精神反思

　　中國知識份子始終是反封建鬥爭的先覺者。但長期的奴
化教育使許多知識份子自身也背負起沈重的歷史負擔，受著
奴性意識的侵蝕，往往缺乏精神獨立的意識和要求，以至於

[1]　巴金：《隨想錄・一顆桃核的喜劇》。

當民族處於危難時刻，缺乏辨別力，更難以承擔拯救社會拯救自己的能力。

對此，巴金進行了深入的反思。他用許多筆墨反映「文革」時的經歷和自己走過的一段艱難的心路歷程，對自己，對當代知識份子在特殊歷史時刻的精神狀態進行了徹底的、不留餘地的解剖。他痛苦地承認，由於經過了一次次嚴酷的政治鬥爭和文藝鬥爭，自己和同時代的許多作家一樣，和處在那個時代的絕大多數人一樣，逐漸適應了「左」的政治氣候和思想氛圍。他也寫反右文章；也緊跟「浮誇風」，寫「假、大、空的」歌功頌德的文章；在一次次的政治批判中，如批丁玲、馮雪峰、艾青、胡風的時候，也跟在別人後頭「丟石塊」，為的是「想保住自己」；「文革」中成了「牛鬼蛇神」，盼望早日解脫，而完全喪失了獨立思考的能力。……巴金把這一切徹底暴露出來，仔細清理著靈魂深處的這些鬼氣、毒氣。

這種解剖是真誠的、痛苦的：

> 本來想減輕痛苦，以為解剖自己是輕而易舉的事，可是把筆當作手術刀一下一下地割自己的心，我卻顯得十分笨拙。我下不了手，因為我感到劇痛。……五卷書上每篇每頁滿是血迹，但更多的卻是十年創傷的膿血。我知道不把膿血弄乾淨，它就會毒害全身。我也知道，不僅是我，許多人的傷口都淌著這樣的膿血。我們有共同的遭遇，也有同樣的命運。
>
> ——《隨想錄・合訂本新記》

這裏坦露的或許是作者從未經驗過的最深的痛苦。如果我們把巴金新民主主義時期、十七年和新時期的作品放在一起考察，會發現，對於作者，這是怎樣一種靈魂的搏鬥與挑戰！

在新民主主義時期和十七年這兩個時期，雖然巴金創作的內容，作品格調有著相當大的區別，但卻有一個根本性的相同之處。即作者是用他的身心去真誠地貼近生活或擁抱生活，毫不留情地反對扼殺自由、扼殺人性的封建主義。無論是對舊制度、舊事物的強烈詛咒還是對新生活的熱情頌贊，都是對於對象化的世界的一種關照，一種表現。在這些作品中，作者的心迹，作者的價值判斷，是通過對象化、具象化的描述，傳達出來。無論如何，巴金和同時代的作家一樣，是希冀以自己的作品光照生活，做靈魂的工程師，點燃自己，照亮旁人。而在《隨想錄》中，作者第一次這麼徹底、這麼自覺地改變了自己在作品中的位置。他不再是站在讀者之上進行點化的睿智者，不再是先知先覺的殉道者，而是一場大悲劇中一個實實在在的角色。他不再以救世的情懷去光照讀者，不再以先行者的姿態導引讀者。思想的「制高點」竟是在作者把自己推入煉獄之後實現的。

回憶 1966 年 8、9 月發生的事情，巴金說：「我已無法獨立思考，我只是感覺到自己背著一個沈重的『罪』的包袱掉在水裏，我想救自己，可是越陷越深。腦子裏沒有是非、真假的觀念，只知道自己有罪，而且罪名越來越大，最後認為自己是不可救藥的了，應當忍受種種災難、苦刑」，[2]「六

---

[2]　巴金：《隨想錄・再論說真話》。

六年九月以後在『造反派』的『引導』和威脅之卜（或者說用鞭子引導之下），我完全用別人的腦子思考，別人大吼『打倒巴金』！我也高舉右手回應。這個舉動我現在回想起來，覺得不好理解。但當時我並不是做假，我真心表示自己願意讓人徹底打倒，以便從頭做起，重新做人。我還有通過吃苦完成自我改造的決心。……那一段時期，我就是只按照『造反派』經常高呼的口號和反覆宣傳的『真理』思考的。我再也沒有自己的思想。倘使追問下去，我只能回答說：只求給我一條生路。」[3]

當巴金把自己完全擺在了歷史前行的鏈條中，看自己的缺陷，翻曬出靈魂深處那些並不那麼光亮的東西時，他的作品卻有了前所未至的深度。這個深度是他的，也是當代散文的。或者說，正是在這裏，他把當代散文創作推向了一個新的深度。

縱觀中國現當代文學，魯迅是勇於自我解剖的第一人。他曾痛苦地談到自己不能除去靈魂中的「毒氣和鬼氣」、「鬼魂」、「黑暗」，[4]「我自己也幫助著排」人肉筵宴，也不自覺地「吃人」（參見《答有恒先生》、《狂人日記》等），魯迅是徹底的，他深刻地洞察了人生的不完滿和有限，但他沒有把自己從這不完滿中開脫出來，而是不留任何逃路地把自己放進去，在審視世界的不完滿時，也審視自己的不完滿。以極大的勇氣和韌性與人性的種種弱點相抗爭，甚至從更高的本體論意義上，確認人原本的不完善。而在向善的途

---

[3]　巴金：《隨想錄·十年一夢》。
[4]　《魯迅全集》第 11 卷，431 頁。

程中，他視自己是歷史進化鏈條上的「中間物」，在反抗黑
暗時，他同時洞悉了自身的歷史性，這種自我否定構成了他
反抗現實的基本前提，而這一前提使他的反抗成為最徹底的
反抗。這種自我解剖，自我批判的自覺是殘酷的，它帶給個
體自身的是巨大的精神苦痛。沒有足夠強大的精神力量，沒
有對新的價值理想的執著追求，是很難把自身放在否定的範
疇中加以徹底批判的。而正是這樣的納入，使得這種反抗與
個人的精神歷程緊緊聯在一起，而具有了更深遠的意義。魯
迅所關注的靈魂的拯救和精神的超解就不是一種懸浮空中
的無本之木，而是執著於現在、當下，又向著未來敞開的靈
魂再造工程。

　　巴金從魯迅那裏汲取了力量。他說：「我仰慕高爾基的
英雄『勇士丹柯』，他掏出燃燒的心，給人們帶路，我把這
幅圖畫作為寫作的最高境界，這也是從先生那裏得到啟發
的。我勉勵自己講真話，盧騷是我的第一個老師，但是幾十
年中間用自己的燃燒的心給我照亮道路的還是魯迅先
生。……他一生探索真理，追求進步。他勇於解剖社會，更
勇於解剖自己；他不怕承認錯誤，更不怕改正錯誤。」「我
借用先生的解剖刀來解剖自己的靈魂了。」[5]

　　巴金在自我批判中完成著靈魂的復歸與昇華。在否定舊
我中肯定生命的自由意志，肯定愛的更深層次的歷史內容。
這種自我解剖，由個人推向全體，由「我」的思想經歷而概
括了一個時代中國知識份子扭曲的心靈。因此，具有巨大的

---

[5]　巴金：《隨想錄·懷念魯迅先生》。

歷史含量。而在「舊我」毀滅與速朽的同時，真我、新我開始復甦、回歸，靈魂開始昇華。逐漸地，「我自己的思想開始活動。……我忽然發現在我周圍進行著一場大騙局。……同樣是活命哲學，從前是，只求給我一條生路；如今是：我一定要活下去，看你們怎樣收場！」「終於走出了『牛棚』。我不一定看清別人，但是我看清了自己。雖然我十分衰老，可是我還能用自己的思想思考。我還能說自己的話，寫自己的文章。我不再是『奴在心者』，也不再是『奴在身者』。我是我自己。我回到我自己身上了。」[6]自我價值的重新確認，是在自我燃燒、自我毀滅中的一次靈魂的騰飛。這是一個艱難的心路歷程，它承載著極大的歷史內容，給我們以深刻的啟示。

　　總之，《隨想錄》是巴金對中國當代社會政治、文化及人生的全部探索的產物，是他對一系列矛盾和困惑作出的深沈的思考和回答。其中最為深刻的是那種認真、嚴格的自省、自我解剖、自我感悟。這是一個知識份子對自身的反觀，也是對我們民族的歷史與未來的強烈關注。

　　《隨想錄》還是一首深沈感傷的歌。其中，最動人的是《懷念蕭珊》，作品表現了人間最真摯的愛，更表現對扼殺愛、扼殺人性的非人行為的強烈憤懣。巴金因此獲得了更多讀者。

　　一位學者在談到中國文化精神時曾說，「中國人追求人生，主要即在追求此人生之共通處，在內曰心，在外曰天。一人之心，即千萬人之心。一世之心，即千萬世之心。人身

---

[6]　巴金：《隨想錄·十年一夢》。

人事不可常，惟此心則可常。」[7]巴金藝術創作的第一要義便是追求這人心之共通處。

巴金在藝術上也有獨特的追求，他說，「我甚至說藝術的最高境界是真實，是自然、無技巧」。[8]「無技巧」恰恰使巴金散文獲得了最自由的藝術天地。他無粉飾，抒真情，也因此征服了讀者。在中國古典美學中，我們看到許多對語言文字尖銳否定的文字，「筌者所以在魚，得魚而忘筌，蹄者所以在兔，得兔而忘蹄。言者所以在意，得意而忘言」(《莊子》)。「詩所以發性情之和也，性情不發，詩為無聲；性情既發，詩為有聲。悶於無聲，詩之情；宜於有聲，詩之迹」。[9]類似的論述還有許多，可以說，「得意忘象」沈澱著中國美學的基本命題。從這個意義上說，巴金對這種無技巧境界的追求，對於「使直觀的世界存真」，「使藝術走出語言的牢房」，都是有意義的。

二、孫犁：內化詩情，平實中寫盡人事滄桑

孫犁（1913-2002），河北安平人，小說家、散文家。著有短篇小說集《蘆花蕩》、《白洋淀紀事》，詩集《白洋淀之曲》等。已出版的散文集有《農村速寫》（1954）、《津

7　錢穆：《中國學術通義》，臺灣學生書局，1984 年。
8　《巴金選集》第九卷。
9　文天祥：《羅主薄鶚詩序》。

門小集》（1962）、《晚華集》（1979）、《秀露集》（1981）、
《澹定集》（（1981），另有小說、散文、文藝理論合集《尺
澤集》等。

（一）文思伴泉水而淙淙，主題似高岩而挺立

孫犁是讀者熟知的小說家，他那些浸滋著荷花幽香的小
說曾使讀者沈醉於清新雋永的意境中，他孜孜追求創作的詩
意，往往選擇最能表現人物心靈光點的生活片斷鋪展開來，
著意渲染，他不在意於小說情節的緊張曲折，不按中國傳統
小說的方式結構作品，而是用散文的筆法，從生活的大書中
取出幾頁，在這幾頁上凝聚生活中最動人的部分。可以說，
詩的蘊含、散文的筆調是孫犁小說創作獨特的藝術追求，孫
犁的許多小說都是可以當作散文來讀的。

在寫小說的同時，孫犁也寫散文。從小說家到散文家的
孫犁，進一步實現了審美境界的超越，在散文天地裏，他精
神進一步獲得自由，美學追求也便進入更高的境界。在談到
自己的散文創作時，他說：「有所見於山頭，遂構思於澗底；
筆錄於行軍休息之時，成稿於路旁大石之上：文思伴泉水而
淙淙，主題似高岩而挺立。」[10]

孫犁 40 年代的散文篇幅不多，但已經顯現出個性特
點。這些作品大都屬以寫事寫人為主的記敘性作品，但又筆
調清新，有意做一些場景描繪和情感渲染，詩情畫意包蘊其
間。如《投宿》、《白洋淀邊一次小鬥爭》、《相片》、《天

---

[10] 孫犁：《關於散文》。

燈》、《織蓆記》、《采莆台的葦》等作品，無論寫人寫事，都包蘊著濃郁的感情。如《采莆台的葦》，描繪出一幅風景畫，但葦又絕不僅僅是風景，「它充滿火藥的氣息，和無數英雄的血液的記憶。」「每一片葦塘，都有英雄的傳說。敵人的炮火，曾經摧殘它們，它們無數次被火燒光，人民的血液保持了它們的清白。」作者把人民用生命、用愛、用智慧抗擊敵寇、保護八路軍的英勇行為和自然景的描寫交匯在一起，使之成為不可分割的整體。自然景物因為有人的高潔品質而更生光彩，人的偉力也在與自然的映襯中更為突出。

孫犁 50 年代創作的散文大多收在《農村速寫》和《津門小集》裏，尤其是收在《津門小集》中的兩組被稱為「城市速寫」和「農村速寫」的散文，集中代表了這一時期孫犁的創作特點。孫犁當時曾下廠下鄉，實地採訪，記敘了建國初期中國社會的總體風貌，又通過一些具體的描述，畫出一幅幅風俗畫，使人感到生活的變化來自每一個角落。其中《慰問》、《保育》、《廠景》、《楊國元》、《訪舊》、《婚俗》、《家庭》等篇章大都在生活實錄的基礎上，表現新生活帶來的新的道德倫理關係，表現人與人之間的親切真誠的社會關係。在寫法上，也透露著小說中所表現的那股濃郁的詩意。但就創作數量而言，這一時期，孫犁散文為數不算很多，而且，由於其小說所處的突出地位，他的散文並未引起充分的注意。後來，他因病擱筆近十年，其間，也偶有作品問世，如《黃鸝》、《石子》等。「文革」中，他和許多作家一樣，曾受到迫害，並在家鄉生活了一段時間。

（二）平平淡淡才是真

　　新時期以來，孫犁把主要創作精力放在了寫散文上，這對於他，自然是駕輕就熟。而且，通過人生滄桑，他對生活有了更深沈的理解。他說：「等到晚年，艱辛曆盡，風塵壓身，回頭一望，則常常對自己有雲散霧消，花殘月落之感」，「我現在經常寫一些散文、雜文。我認為這是一種老年人的文體，不要過多情思，靠理智就可寫成。」[11]他陸續出版了《晚華集》、《秀露集》、《尺澤集》、《無為集》等十多個集子，其中大多是以敘事記人為主的「實錄體」散文。其中，《新年懸舊照》、《書的夢》、《畫的夢》等以記事為主的散文，是前期散文的發展和繼續。但文字更趨老到簡練，情感更加深沈，內含也更加豐富。如《書的夢》，寫自己從童年到學生時代一直到工作的時候，對書的感情和買書存書的經歷。但從作品中透露出來的是遠比這條線索更多的東西。從這種經歷中，可以清晰地看到時代變化在個人身上的投影及作者坎坷的生活遭遇。《新年懸舊照》一篇，由舊照念起亡妻對自己的種種關心體貼，「妻亡故已有十年，今觀此照，還隱約可以看見她的針線，她在深夜小油燈下，為我縫製冬裝的辛勞情景」。剪不斷的情絲在平實的敘說中緩緩流出，滲入讀者心田。

　　《亡人逸事》、《清明隨筆》、《〈方紀散文集〉序》等篇，以寫人為主，更多使用了白描手法。

　　一篇《亡人逸事》，短短兩千多字，沒有寸腸欲斷的感

---

[11]　孫犁：《答吳泰昌》。

情噴湧，沒有如泣如訴的哀婉，但平平淡淡的敘述中，分明可以感到欲哭無淚的沈甸甸的悲哀，也可體味到作者對人生況味的咀嚼日趨老到，這或許正是孫犁認為散文是一種「老年人的文體」的內在原因。

作品中寫道：

> 我們結婚四十年，我有許多事情，對不起她，可以說她沒有一件事情是對不起我的。在夫妻的情分上，我做得很差。正因為如此，她對我們之間的恩愛，記憶很深。我在北平當小職員時，曾經買過兩丈花布，直接寄至她家。臨終之前，她還向我提起這一件小事，問道：
> 「你那時為什麼把布寄到我娘家去啊？」
> 我說：
> 「為的是叫你做衣服方便呀！」
> 她閉上眼睛，久病的臉上，展現了一絲幸福的笑容。

通過一件小事，把夫妻間那份綿長的情意生動地表現出來。若沒有老到的筆力和白描的功夫，很難做到這一點。

孫犁的散文採用的是內化詩情的方式。表面看來，作品往往是對往事的隨想漫憶，實際上借助於回憶，把自己的愛與恨、痛苦與歡樂、希冀與失落……化為一種凝重的感情，淡淡流出，其中滲透自己對現實人生的審美判斷。「文革」中痛苦的經歷並沒有使他陷入極端的悲劇性情緒，而促使他更殷切地尋覓流逝的理想、道德、人性、人情，在對失落了的美的事物的眷念和懷戀中，表現深層的心理意旨。而這種

思想的傳達和抒情的筆調又往往是寧靜沖淡的。以徐緩溫情的語調，看似寧靜的心緒，描繪牽動五臟六腑的事情，使感情的湍流化為平淡，而在這平淡中，分明有一份凝重的感情，一種撥動心靈之聲的力量。

在藝術上，孫犁堅持自己一貫的美學追求，表現生活中「真善美的極致」，他明白地向讀者宣示，「看到真善美的極致，我寫了一些作品，看到邪惡的極致，我不願意寫」。[12]孫犁的散文大都寫他自己的經歷，寫個人的所見、所聞、所感、所想，明顯帶著「自敘傳」色彩。在這些作品中，他繼續對美的事物追求、讚美，即使寫血與淚的人生，也不直接控訴，而是通過對美的事物的正面描述，通過美好事物的消失和被損害，表現自己的感情內蘊。

三、其他作家的回憶反思性作品

（一）黃秋耘：丁香花下感傷的歌

黃秋耘（1918-2001），廣東順德人，散文家、文藝評論家、翻譯家。著有散文集《鏽損了靈魂的悲劇》、《丁香花下》、《黃秋耘散文選》，文藝評論集《黃秋耘文學評論選》，譯有《羅曼‧羅蘭》等。

黃秋耘在文學史上有「雜家」之稱，他的創作品類繁多，

12　孫犁：《秀露集》。

諸如散文、雜文、隨筆、評論、報告文學、歷史小說，舊體詩詞，還有翻譯作品等，而他最得心應手的文學樣式卻是散文。他說「我應當如實自供，我最喜愛的文學形式還是散文」。[13]特定時代的政治追求和生活道路以及強烈的革命熱忱、高度的工作責任心，使他的創作有了取之不盡的素材。歷史的進程、時代的精神、人民的情緒，在黃秋耘的作品中都有著真實的反映。在藝術上，他的作品的顯著特色是抒情、議論與敘事結合，情與事、虛與實渾然一體，他自己說，他的散文，「大都是以敘事為『畫龍』，而以抒情來『點睛』。」他的作品既非純客觀的敘事，也不是一味發感慨，而是由事及人，從現象到本質引發出思想的火花，感情的激流，熔事、情、理於一爐。他的散文語言素樸、鮮明，到晚年，又增加了凝重和沈鬱，顯得悲涼，遒勁，在針砭時弊時，不是那種激昂慷慨的犀利文字，但卻厚重、有力，表現了作者以一貫之的追求。而雜家的優勢在他的創作中也充分顯現出來，他的散文兼有詩、雜文、政論、小說的特點，在題材、內容和表現形式方面，都開拓了散文創作的天地。

粉碎「四人幫」之後，整個民族從噩夢中醒來，黃秋耘在輟筆 14 年之後，重新投入創作。寫了一系列懷念故人的散文，以帶著「感傷」的血淚文字，回顧不合理的時代給人心靈留下的創傷，也發掘在苦難的年代人性的閃光。並以動人的筆調走近讀者。

有人說，黃秋耘的作品是「感傷的羅曼史」，黃秋耘說，

---

[13]　《黃秋耘散文選》。

「我自問，羅曼史並不多，感傷的情調是有的，一寫到往事，我總是情不自禁地抒發點懷舊的感情，懷舊，總是難免有點淡淡的哀愁，甚至有點辛酸。」[14]

　　作為歷史的見證，黃秋耘在作品中追憶了自己經歷的一些難以忘懷的往事，也寫了他熟知的文化名人老舍、邵荃麟、巴人、黃谷柳等在極左路線迫害下罹難的經歷，更表現了對造成這些悲劇的「獸性代替人性的位置」的荒唐時代的憤慨。也有更悠遠的自己青年時代生活的回憶，從「前塵往事」中打撈起正直、善良、美好的人性，表現「對於人的尊嚴的關切」。

　　《霧失樓臺》、《丁香花下》、《「十年生死兩茫茫」》、《憶谷柳》、《哀阿雪》等作品是黃秋耘散文中最打動人心的力作。

　　《丁香花下》是一篇抒情意味很濃的作品。作者回憶自己三十年代參加學生運動時，在反動軍警追捕時，與一個姑娘的邂逅，寫了他們之間一種介於友誼和愛情之間的美好感情，他們在丁香樹下的依依惜別，和那種難以忘懷的情誼。「雖然事情已經過去四十多年了，每當我一看到紫丁香花，一聞到紫丁香花的香味，我就情不自禁地想起了這麼一件事，這麼一個人，仿佛又看到她那消逝在紫丁香花叢中的身影，仿佛又聽到她離去時輕輕的腳步聲。」作品情深意長，以丁香樹作為背景，又更增添了幾分詩意。

　　《霧失樓臺》寫「文革」前夕，自己受到「中間人物」

---

[14]　黃秋耘：《我和散文》，《羊城晚報》1991 年 5 月 13 日。

事件的株連，已經無法從事正常的工作而處於「靠邊站」的
狀態了。無聊中，被隔院小樓上一對父女「如怨如慕，如泣
如訴」的小提琴聲吸引，感動，並與他們神交。從音樂中共
同尋求心靈的解脫與超越。但十年「文革」破壞了三個「天
涯淪落人」的短暫有限的歡愉。同時割斷了他們剛剛建立起
來的友情的紐帶。幾年之後，當作者被「解放」之後再上小
樓尋找舊友時，才知道這父女倆不幸的命運：父親被迫害而
死，女兒到北大荒插隊，音訊全無。

> 我獨行踽踽地、心情黯淡地沿著那條柏油路面的小胡
> 同來回走著，走了一段路，又癡癡地回過頭來望那座
> 小樓房一眼。這是一個憂鬱的晚秋的日子，眼前的一
> 切景物都淹沒在傍晚的蒼煙和夕照當中。當年我常常
> 跟江家父女倆在這條胡同上散步。……而現在，只留
> 下我一個人沈重的腳步聲了。

作品中展示的這段動人的感情催人淚下，而這種珍貴的友情
的破碎更使人感到無限沈重。

（二）韋君宜：高揚起大寫的「人」字

　　韋君宜（1917-2002），女，北京人、小說家、散文家、
編輯家。著有散文集《故國情》、《似水流年》，短篇小說
集《女人集》，長篇小說《母與子》，學術劄記《老編輯手
記》等。
　　韋君宜自 1939 年在延安參加了《中國青年》的編輯工

作，四十多年來一直勤奮工作在編輯崗位上，多年的工作訓練和個人的氣質相融合，使她形成自己的藝術視角。她說，「我並非專寫散文的作家，也並沒寫過多少篇，談不上什麼主張，只是有了些必須寫出的感情時，就寫；有了些自覺值得記一記的事情，也寫。記事的比抒情記遊的都多」。[15]她悉心體察外部世界的實在性，體察旁人的悲歡冷暖，不匆忙收拾一些零碎的表像來構建「心造的幻影」，而是用一片真情觀察人，分析人，「隨物以宛轉」，「與心而徘徊」。[16]她把人世滄桑、社會世態與個人情懷不可分割地融在一起，而在主客觀的遇合中，她更多關注別人，把盡可能多的筆墨用在對他人的描寫表現上，而把個人情感潛含在作品深層。她的作品中，有對延安老區缺少變化的焦慮，[17]有對逝去歲月留戀，對一代人曾經懷有的那種獻身熱情的追憶和禮贊，[18]有對海外遊子思鄉情緒的體察和由此生出的人生感慨，[19]她還以沈重的心情悼念飽受極左政治的嘲弄、冤屈、蹂躪終於逝世的人們，如《當代人的悲劇》，尤其是悼念與自己共同生活了三十九年的丈夫楊述的《蠟炬成灰》更是寫得如泣如訴，留下無盡的哀思……。總之，她以大量的作品高揚起了大寫的「人」字，達成了對身罹極左政治劫難的社會與人的深刻體察，對美好人性的真誠呼喚，從中可見作者反思現實社會、文化傳統、人類自身的自覺精神追求，而平實厚重的

---

[15]　韋君宜：《故國情·後記》。
[16]　劉勰：《文心雕龍·物色》。
[17]　韋君宜：《三返延安》。
[18]　韋君宜：《尋找青春的聚會》。
[19]　韋君宜：《故國情》。

語言，聊天談話式的寫作方式，又使作者的意願得到了成功
的藝術表達。

（三）岑桑：在扭曲人性的時代聽到人性的吶喊

岑桑（1926-），廣東順德人，散文家、小說家。著有
散文集《岑桑散文選》、《當你還是一朵花》、《美麗的憂
傷》，小說集《躲藏著的春天》等。

在文學創作上，岑桑做過多方面的嘗試，他寫過詩歌、
散文、小說、評論，在幾個創作領域裏辛勤耕耘，但最能體
現他創作個性和藝術才華的卻是散文。岑桑關心人的命運，
思索人的價值，熱愛人世間和自然界的一切美好的東西，他
把自己的感受寫進了散文，把生活的矛盾性、複雜性展示出
來，面對光明與黑暗、鮮花與血污並存的世界，他認真地觀
察、思索，發出自己的聲音來。他能夠在陰霾中看見電光石
火，在扭曲人性的時代聽到人性的吶喊，而當他用這種思辨
的眼光看世界時，創作便有了深度。在藝術上，岑桑追求表
現手法的多樣性。他本人進行多種體裁創作的藝術實踐為他
的散文創作提供了走進藝術自由天地的得天獨厚的條件，他
的作品有時像抒情詩一樣優美動人，是蘊藉深厚的心靈的樂
章，有時像小說片斷，情節、人物，音容笑貌躍然紙上，有
時又發幾聲感歎和議論，引人思考。與之相適應的是他作品
的語言。他善於用形象、生動的辭彙寫景狀物，用鮮明的、
富有表現力的文字把抽象的哲理、思想化成具體生動的形
象，把自然景物點染成有活性之物。散文是各種文學樣式中

最具有開放性的文體，它自由活潑、無拘無束，而岑桑正是用自己的創作體現了散文的這種包容性和豐富性。

《填方格》記述的是作者「有切膚之痛」的一段經歷，案頭燈下填方格與日頭下用稀泥填方格，兩種「方格」代表著人生的兩種樣態，揭示了在一個荒誕的時代，一代知識份子的遭際，奇特的構思和含淚的幽默記錄著人的尊嚴的失落與回歸，是作者用生命寫成的「自己的東西」。

（四）柳萌：心靈的星光

柳萌（1935-），天津人，散文家。著有散文集《生活，這樣告訴我》、《心靈的星光》、《尋找失落的夢》、《歲月憂歡》等。

柳萌的散文被評論家稱為「談心的散文」。[20]「和青年朋友們娓娓地談心，用自己的經歷現身說法地鼓舞他們，希望他們克服種種可能碰到的困難，不屈不撓地前進，在人生中作出更多的貢獻，是柳萌這些散文的主旨。」[21]談話總是在一定的語境中談話雙方共同進行的。按照談話中雙方所處的位置不同，交流的方式不同，我們可以把它分為「日常語言交流的語境」和「文本語境」。「日常語言交流的語境」指談話的雙方在日常生活中面對面擁有的共同的對話情境。作者與交流者擁有共同的時間和空間，彼此共同觸發話題並共同創造對話的情緒和氣氛。而「文本語境」使文本脫

20　林非：《〈心靈的星光〉序》.
21　同註 20。

離了作者及交流者而獲得一種自主性。在文本語境中，不再
有那種作者和交流者所共同擁有的日常對話情境了，作者有
文本中的交流也不再是日常語境中那種面對面的交流，而是
與想像中的交流者的對話。如果說，文學創作往往無可避免
地使文本與接受者之間產生了距離的話，那麼，「談心的散
文」的最大優勢便是努力追求縮小這種距離。它盡可能地還
原日常生活的交流場景，用一種近乎隨意的聊天，溝通了作
者和讀者。柳萌的散文正是這方面的一個有意的嘗試。他把
自己的一本散文集取名為《心靈的星光》，就是要把自己經
過艱難的人生歷程，悟出的宛如晨星的某些道理告訴青年讀
者們，而在談天式的行文中，他以平等待人的態度，設身處
地走進讀者世界，談天說地，用散點透視的方法，和讀者一
同走進熟悉的氛圍中，使他們心悅誠服地接受作者的話題和
有意的引導。在寫法上，他善於狀物，也善用看似平淡的筆
調敘述動人的故事。

　　在《安居不忘流浪時》中，作者用平靜的語言講述自己
經歷的辛酸的故事。二十多年的企盼與掙扎，只為了有一個
「真正屬於我的家」，在一張張關於「家」的疊影中，能不
使人感到深深的悲哀嗎？

第五章

歷史文化與哲思理趣

　　20 世紀 90 年代以來，歷史文化散文創作的興起給文壇增添了一道風景。一批散文家以敏銳的、現代的眼光去觀照、思考和發掘已知的史料，給予歷史人物、歷史事件、歷史生活以新的認識、新的詮釋，體現創作主體因歷史而觸發的現實的感悟、渴望與追求，努力使作品獲得較大的歷史意蘊和延展活力。讓自己的靈魂在歷史文化中撞擊，從而產生深沈的人文批判，留下足夠的思考空間。余秋雨、王充閭、林非、李國文、梁衡、卞毓方、李存葆、劉長春、夏堅勇、張加強、馮偉林等作家的創作共同構成了歷史文化散文的景觀。另有一些作家從生命本體出發，進行形而上的思索，周國平、史鐵生、張承志、韓少功、南帆、張煒等人的創作對人生和命運的關注，對於人文理想的堅守，在讀者中產生了廣泛影響。

　　他們的創作充滿書卷氣，將學識、智慧與文化意蘊融為有深度的創作，給人以思想的衝擊和知識的滋養，表現出較多思考的意味。

　　一個有意思的現象是，在市場逐漸統領了一切，也包括曾經被高懸於社會生活之上的文學。作品逐步變為消費性商

品，消解意義、消解深度成為時尚的時候，有所承載、有些
沈重的長篇歷史文化散文和具有哲理意味的作品仍能吸引
許多讀者。他們甘願跟作者一起走進封塵的歷史，走進那些
深沈的話題，進而走向精神探尋之路。

一、余秋雨：知識份子文化人格的歷史反省

　　余秋雨（1946-），浙江餘姚人。是 1990 年代以來最引
人注目的散文家之一，他曾在高校從事理論研究，著有文藝
理論專著《戲劇理論史稿》、《戲劇審美心理學》、《中國
戲劇文化史述》、《藝術創造工程》等，同時，創作了多篇
有影響的散文作品，出版散文集《文化苦旅》、《文明的碎
片》、《山居筆記》、《千年一歎》等。

　　九十年代，余秋雨以記遊的方式進行文化思考，寫成一
組歷史文化散文，作品發表後，在讀者中產生了很大影響，
之後，一批作家加入歷史文化散文的寫作，逐漸形成氣候。

　　余秋雨把有著許多古代文化積澱，穿越時空、交匯古今
的山水稱為「人文山水」。他說，「我心底的山水並不完全
是自然山水，而是一種『人文山水』。……每到一個地方，
總有一種沈重的歷史氣壓罩往我的全身，使我無端地感動，
無端地喟歎。……我站在古人一定站過的那些方位上，用與
先輩差不多的黑眼珠打量著很少會變化的自然景觀，靜聽
著與千百年前沒有絲毫差異的風聲鳥聲，心想，在我居留的

大城市裏有很多貯存古籍的圖書館，講授古文化的大學，而中國文化的真實步履卻落在這山重水複、莽莽蒼蒼的大地上。大地默默無言，只要來一二個有悟性的文人一站立，它封存久遠的文化內涵也就能嘩的一聲奔瀉而出；文人本也萎靡柔弱，只要被這種奔瀉所裹捲，倒也能吞吐千年。」[1]

余秋雨說自己遊覽名勝是要在自然中尋找「文化與名勝的對應」，[2]他說：「我實心實意地在遊山玩水，又情不自禁地感悟了它們各自的文化蘊涵。故意借山水去做文章，就太虧待這些山水了。我對自然始終有一種朝拜式的虔誠，不贊成為了某個意念把它們隨手搓捏。……我的基本路子是，讓自然山水直挺挺地站著，然後把自己貼附上去，於是，我身上的文化感受逗引出它們身上的文化蘊涵。我覺得中國漫長的歷史使它的山水都成了修煉久遠的精靈，在它們的懷抱中，文化反思變成了一種感性體驗。」[3]

為此，他強調遊記散文要有「人氣」，即作者面對他眼前的景色所給予的人文關懷和個人思考的滲入。他認為，「『人氣』不重的遊記，羅列文化知識再多，也很難出色。個人與山水周旋，實質上也就是現代人與曾到過此地的先輩們周旋，從而產生人格比照。這樣，山水便真正熱鬧起來了，文章也有了生氣、變得大氣。這是我的嚮往。」[4]

---

[1]　余秋雨：《〈文化苦旅〉自序》。
[2]　余秋雨：《廬山》。
[3]　余秋雨：《訪談錄》（一）關於散文，載 1989 年 5 月《解放日報》。
[4]　余秋雨：《訪談錄》（一）關於散文，載 1989 年 5 月《解放日報》。

（一）描述中國知識份子的精神走向

在《文化苦旅》和《文明的碎片》裏余秋雨探討文化的良知，反覆述說一個主題：文明與野蠻的鬥爭中並不是每次獲勝的都是文明，於是敦煌的文物流失了、陽關消失了，……因而文化良知的重要性便顯示了出來。在民族文化與人類尊嚴面前，任何缺少良知的文化都必將是軟弱的。重新構建文化良知便顯得日益重要和迫切。

他不厭其煩地描述著一代代正直的文人不幸的命運：他們往往因為正直、因為現實關懷而遭至政治的放逐，因為政治的放逐而導致了地域的遷徙，許多文人的苦旅都是因貶謫流放而從政治中心出走：柳宗元從長安貶往永州，一住十年，後因一紙莫名的詔書而欣喜地趕回長安，但復又走向更遠的柳州；宋代在岳陽樓上抒發悲懷的范仲淹，也是被貶出帝京的騷人遷客。

中國文人的被放逐在地域上構成了從政治文化中心向社會邊緣的退縮，而恰恰是在中國文人被放逐的沈重腳步裏，成就了中國的文化，展示了中國的文化。

其中最有代表性的是《蘇東坡突圍》，作者是為蘇東坡驕傲，更是為容不下這個「讓中國人共用千年的大文豪」的時代，為中國世俗社會扼殺文化名人的卑劣而悲哀。「東坡何罪？獨以名太高。」「他太出色、太響亮，能把四周的筆墨比得十分寒傖，能把同代的文人比得有點狼狽，引起一部分人酸溜溜的嫉恨，然後你一拳我一腳地糟踐，幾乎是不可避免的。」「長途押解，猶如一路示眾，……貧瘠而愚昧的

國土上，繩子捆紮著一個世界級的偉大詩人，一步步行進。蘇東坡在示眾，整個民族在丟人。」

> 小人牽著大師，大師牽著歷史。小人順手把繩索重重一抖，於是大師和歷史全都成了罪孽的化身。一部中國文化史，有很長時間一直捆押在被告席上，而法官和原告，大多是一群群擠眉弄眼的小人。
>
> 這一切，使蘇東坡經歷了一次整體意義上的脫胎換骨，也使他的藝術才情獲得了一次蒸餾和昇華，他，真正地成熟了與古往今來許多大家一樣，成熟於一場災難之後，成熟於滅寂後的再生，成熟於窮鄉僻壤，成熟於幾乎沒有人在他身邊的時刻。……

作者對於中國知識份子由地域的遷徙所帶來的精神移位的沈重歎息，包蘊著深厚的歷史內容。

（二）對中國文人命運的批判關懷

余秋雨對中國文人的命運是關注的，這種關注的出發點很顯然不是基於對某一文人個人的命運的興趣，他力圖描述中國文人的「文化人格的演進」歷程，從中看到中國知識份子的精神走向，以為「當代民族性的人格變動」尋找思路。

在這個思索的過程中，他更對中國文人的性格弱點予以批判。

在《西湖夢》中，講到林和靖的「梅妻鶴子」時，作者感歎：「憑著梅花、白鶴與詩句，把隱士真正做道地、做漂

亮了，他成就了一個無心功利而自娛白耗的天地：在這個天地裏，中國文人消除了志向，漸漸又把這種消除當做了志向，終於導致中國文人群體文化人格日趨暗淡：春去秋來，梅凋鶴老，文化成了一種無目的的浪費，封閉式的道德完善導向了總體上的不道德。」

從孤山走下，漫步於蘇堤之上，余秋雨不意間遭遇了可歌可泣的南朝歌妓蘇小小，這個蘇小小，不守貞節只守美，她這頗具哲理感的超逸，竟比得無數正經的鴻儒高士也顯出委瑣、逼仄，雖然他們的社會品格無可指摘，他們生命本體的自然流程卻橫遭壓抑。

文化苦旅又呈現出精神移變的意義。思想精神理當飛翔卻始終不免凝重逼仄，除去不多的沖天豪氣，中國文人飛揚的心智才情統統變成了壓抑和愁苦。

他引《酒公墓》墓文：

> 一身弱骨，或踟躕於文士雅集，或顫慄於強人惡手，或驚恐於新世問詰，或惶愧於幼者哄笑，棲棲遑遑，了無定奪。釋儒道皆無深情，真善美盡數失落，終以濁酒、敗墨、殘肢、墓碑，編織老境。」這何嘗不是一代代中國文人的心態？是一代代被放逐之後的文人的精神負載？是精神失落、找不到家園，找不到內心依託，……

當然，余秋雨在批判中國知識份子的弱點時，也從他們之中看到理想和希望。「唯有在這裏，文采華章才從朝報奏摺中抽出，重新凝入心靈，並蔚成方圓。它們突然變得清醒，

渾然構成張力，生氣勃勃，與殿闕對峙，與史官爭辯，為普
天皇土留下一脈異音。世代文人，由此而增添一成傲氣，三
分自信。華夏文明，才不至全然黯暗。朝廷萬萬未曾想到，
正是發配南荒的御批，點化了民族的精靈」。[5]

二、王充閭：歷史長河中的人性批判

　　王充閭近年來出版有散文隨筆集《柳蔭絮語》、《清風
白水》、《滄浪之水》、《春寬夢窄》、《何處是歸程》、
《淡寫流年》、《碗花糕》和詩詞集《鴻爪春泥》等多部文
學作品。在當代作家中，像王充閭這樣有讀私塾經歷的人已
經很少見了，八年的私塾使他打下了堅實的國學基礎，他的
散文創作清晰地反映著中國古典文學的深刻影響。他中道從
政，但仍堅持創作。他站在一個獨特的角度考察自然和人文
景觀，自覺走進了積澱在山水之中的歷史文化，從當時立足
的景點出發，做著超越時空的藝術巡禮，從而走進文學中的
歷史世界，在時空立體交叉橋上，展開關於人生的沈思。

（一）面對歷史的蒼茫

　　王充閭在總結自己的創作時曾談到：

　　　大凡人們普遍向往的名勝古蹟，往往也是古代文化積

---

[5]　余秋雨：《柳侯祠》。

澱深厚、文人墨客留下較多屐痕、墨痕的所在。古往
今來，在這些地方沈積著汗牛充棟的詩文。現在人們
常說跟著感覺走，我則往往是跟著詩文走。幾乎每到
一地，都有相對應的詩文在頭腦中湧現出來，任我展
開垂天的羽翼去聯想發揮。

當我漫步在佈滿史蹟的大地上，古典詩文的名章佳句
撲面而來，看似自然的漫遊，觀賞現實的景物，實際
卻是置身於一個豐滿的有厚度的歷史世界之中。由一
個景、一件事出發，做一次悠長的藝術巡禮，從而獲
得了以一條心絲穿透千百年時光，使已逝的風煙在眼
前重現，感受蒼涼，把握滄桑的藝術自覺。

遠者如近，古者如今，活轉來的歷史詩文給了我們「當
下」一個時空的定位，更給我們一個打開的，不再遮
蔽的視界，在這裏，我們與傳統相遭遇，又以今天的
眼光看待它，於是，歷史就不再是沈重的包袱，而為
我們思考當下，思考自身提供了無限的可能性。[6]

　　王充閭有目的地走向那些曾經擁有輝煌的古代文明、但
最終被時間湮沒，而今早已不復存在的歷史名都，在那裏打
撈那些具有超越時空意義的東西。昔日的名園勝概雖已蕩然
無存，但卻將沈甸甸的文化留在了那裏。作家「叩問滄桑」，
專程尋訪了號稱歷史博物館、文化回音壁的古都開封、洛
陽、邯鄲、阿城；歷代兵家必爭之地的「三晉」古戰場和群
雄逐鹿的中原；戰國時期辯才雲集的齊都稷下；臨流淮上，

---

[6]　王充閭：《千古興亡　百年悲笑　一時登覽》。

體驗著莊、惠觀魚時的「濠濮間想」;踏著晚秋的黃葉,漫步在印滿詩仙李白屐痕的採石磯頭、桃花潭畔、敬亭山下、天柱峰前,衝破時空的限界,展開遼遠的遐想。《土囊吟》、《文明的征服》、《陳橋崖海須臾事》、《存在與虛無》、《獅山史影》等作品都是在這種心態下寫成的。對於名城勝蹟的文化關注,使作家獲得更大的思索空間。從中打撈出超越生命長度的感慨:永恒與有限、存在與虛無、成功與幻滅、苦難與輝煌……正是這些歷史的悖論賦予廢墟文化以特殊的意義。

由「陳橋崖海須臾事,天淡雲閑今古同」的詩句導引,作者來到開封北郊的陳橋驛。「漫步古鎮街頭,想到詩中說的,從趙匡胤在這裏兵變舉事,黃袍加身,建立宋王朝,到末帝趙昺在崖州沈海自盡,宣告宋朝滅亡,三百多年不過轉瞬間事,可是看看大千世界,仰首蒼穹,依舊是天淡雲閑,仿佛古今都是一樣,不禁感慨繫之。有人評說,寥寥十四個字抵得上一部《南華經》。進入開封市區,空間沒有跨出多遠,時間卻仿佛越過了千年,有「一步走進歷史,轉眼似成古人」的感覺。整個汴梁古城,簡直就是一座充滿歷史回聲的博物館。」[7]

在《賦到滄桑句便工》中,作者寫到洛陽的魏晉故城遺址。「那些帝王公侯及其嬌妻美姜,無論是勝利的、失敗的、得意的、失意的,殺人的、被殺的,最後統統地都在這裏報到了。「縱有千年鐵門檻,終歸一個土饅頭。」留下來的只

---

[7] 王充閭:《陳橋崖海須臾事》。

是一些「饑年何不食肉糜」與「蛙聲為公還是為私」的千載
笑料和爭權奪利，濫殺無辜的萬古罵名。」

　　總之，當作者「漫步在山川廟宇，殘垣頹牆間，走過
座座歷史的博物館、在一面面文化的回音壁上傾聽，一任古
典詩文中展現的歷史風貌在新的境遇中展開。那朝代興亡、
人事變異的大規模過程在時空流轉中的留痕；人格的悲喜劇
在時間長河中所顯示的超出個體生命的意義；存在與虛無、
永恒與有限、成功與幻滅的探尋；以及在終極毀滅中所獲得
的愴然之情和宇宙永恒感，都在與古人的溝通中展現，給了
我們遠遠超出生命長度的感慨。」（《千古興亡　百年悲笑
一時登覽》）

（二）走向人性批判

　　對於一個已經成名的作家，最可寶貴的是不為已經嫻熟
的技巧和固定的風格所拘圍，而能始終保有對未知境域探尋
叩問的熱情。

　　當然，固守是一種保險而省力的做法。對同一題材反覆
述說，靠數量、靠重複出書擴大知名度，進而成為一種題材
一種風格或者流派的代表，甚至成為一個領域內繞不開的話
題，這正是目前一些知名作家的做法，何況還可以靠炒作、
靠人際關係等商業手段造成市場效應。但是，作家一旦畫地
為牢，沈浸在已經定格的藝術世界裏靠炒冷飯生存，創作也
就必然地滑向平庸，走向衰老，並且自蹈藝術的僵死之地。
而創新則是一次次的精神冒險，是已有平衡的破壞，是對自

己精神來路上的種種缺憾和不足的正視與反思，實質上是心靈境界的不斷躍升，是對創作乃至人生的局限的艱難超越。

王充閭清醒地意識到創新的難度，他知道創新「需要清醒的頭腦，開闊的視野，巨大的勇氣」，他更知道年齡和名氣是創新的障礙，「人的年齡大了，銳氣會隨之銳減，更容易師心自用，拒絕不同的見解；特別是出了名以後，讚揚的話聽多了，難免處於自我陶醉狀態，再看不到缺陷；名聲大了，到處都來約稿，文章隨地都能發表，很容易出現粗製濫造現象。」他告誡自己，「成功是一個陷阱」。（《渴望超越》）從事散文創作二十多年來，他始終處於積極的自我審視、自我破壞和自我超越之中。他一直在苦苦創新，在不間斷地叩問、摸索和探究。這種堅定而不輟的追求使他始終存在於藝術的青春之中。

1990 年代以來，歷史文化散文衝破了散文創作中的小家子氣，而顯示出一種闊大的、豪縱的、有史學深度的文學架構和話語風度。當時作為歷史文化散文創作群體中的具有代表性的作家，應該說王充閭是極有特色的。而當世紀之交這種文體的創作處於停滯不前甚至式微狀態時，王充閭又以其可貴的探索為之注入了新的活力。

歷史文化散文創作的困境，與其存在著比較明顯的缺陷有關：一是作品中的歷史敘述往往為知識所累，很難看到作者的情懷，本應屬於背景的史料，因著作者的引述，反倒成了文章的主體，留給讀者的想像空間很小，使人讀起來難以喘息；二是缺少具有現代意識的文化反省、靈魂撞擊，缺乏精神的發掘。在不少文化歷史散文中，看不到那種穿透歷

史，進入人性、人生和精神家園層面的精神思索。

　　近年來，王充閭最突出的超越，就表現在力矯自己乃至當前文化散文創作中普遍存在的作家精神主體參與不足的問題，由「我注六經」到「六經注我」，由自我放逐到主體凸顯；立足於生命本體，注重自由心性的抒發，在對歷史的述說、對古人的靈魂叩問中，解析文化悖論，尋找人性的出口，抵達心靈深處，深入思考一些帶有明確精神指向的問題。這樣，就獲得了更為廣闊的精神視界和心靈空間，進入到更深層次的形上思考。也為歷史文化散文的發展展示了一片新的天地。特別是近一時期，他專注於中國古代知識份子的精神獨立性及其歷史命運的思考，表現出對獨立自由的心靈世界的嚮往和對扼殺個性、製造奴性的封建統治者的明確的批判立場。作品中也更多顯露出作者的生命情懷和價值理想。

　　尤其值得一提的是 2002 年發表的《用破一生心》，對曾國藩這樣一個一向存在著巨大歧異的人物，作品未做簡單的善惡、是非判斷，而是深入到人性的層面進行解讀。在曾國藩身上，智慧、經驗、知識、修養，可說應有盡有；惟一缺乏的是本色，天真。他只是一具猥猥瑣瑣、畏畏縮縮的軀殼，不見一絲生命的活力、靈魂的光彩，他一輩子活得太苦、太累。苦從何來？來自於過多、過強、過盛、過高的欲望。結果是心為形役，勞神苦心，最後不免活活地累死。他的人生追求是既要建不世之功，又想做今古完人，「內聖外王」，全面突破。他的忍辱包羞、屈心抑志，俯首甘為荒淫君主、陰險太后的忠順奴才，並非源於真心的信仰，也不是寄希望

於來生，只是為了實現一種現實的欲望。這是一種人性的扭曲，絕無絲毫樂趣可言。對曾國藩的深入剖析實際上是切入了一個被仕途扭曲變形的知識份子的內在本質，寫透了這個人物。從這個道德典範身上我們看到中國古代心靈萎縮、臨深履薄的入仕知識份子的縮影，並能感受到這種人生悲劇在現實生活中也並沒有絕迹。

以反封建為旨歸的《馴心》更是對中國古代知識份子被奴化過程的深刻揭示。歷代統治者都希望知識份子像圈中的馴虎那樣，奴性十足，俯仰由人。清朝統治者更是棋高一著，他們悟解到，僅靠科考應試以收買手段控制其人生道路，使之終身陷入爵祿圈套還不夠；還必須滲透到精神層面，馴化其心靈，扼殺其個性，斫戕其智慧，以求徹底消解其反抗民族壓迫的意志，死心塌地作大清帝國的忠順奴才。於是，他們施展一套高明的策略：大興文字獄，毫不留情地懲治、打擊那些心存異念的桀驁不馴者；組織大批學者纂修《四庫全書》，編撰《明史》，把他們集中到皇帝眼皮底下，免得一些人聚徒結社，搖唇鼓舌，散佈消極影響；設餌垂鈎，特設博學鴻詞科，吸引天下碩學名儒到京城做官，坐收懷柔、撫慰之效；提倡程朱理學，推行八股制藝，以整合思想，禁錮性靈，加重道德約束力，扼殺讀書士子的個性。通過展示這種種伎倆，把封建帝王的心術、治術、權術徹底剖剝出來。

在對歷史的關注中，王充閭還充滿同情地寫了另一些知識份子，像莊子、嚴光、阮籍、嵇康、張翰、駱賓王、李白、蘇軾、陸遊、李清照、李贄、納蘭性德等。作者努力發掘他們生命深處的詩性，以及在現實生活中他們所面臨的巨大精

神衝突。他關注詩人李白坎坷蹭蹬的生涯和他的內心矛盾，一方面是渴望登龍入仕、經國濟民而不得的現實存在，一方面是體現生命的莊嚴性及由此而產生的超越時空的深遠魅力的詩意存在。這兩者之間的強烈衝突構成了李白無可避免的內心矛盾，也很典型地反映了「士」的性格與命運悲劇。（《青山魂》）對「心靈無羈絆」、「賦性淡泊」的莊子作者有著一種心靈的切近，對那種「萬物情趣化，生命藝術化」，「把身心的自由自在看得高於一切」的審美的人生態度表現了發自內心的嚮慕與認同。（《寂寞濠》）《桐江波上一絲風》則透過對「高隱不出，漁釣澤中」的嚴光的審視與描述，深刻地讀解了中國歷史上的整個隱逸文化。作者更欣賞憂樂兩忘，隨遇而適，在本體的逍遙中安頓一個逍遙人生的魏晉風度，從中感受到詩性人生超越時空的藝術魅力，也表現出對於自覺自主的人生狀態和生命獨立色彩的嚮往之情。（《存在與虛無》）

對古代知識份子歷史命運的探索，無疑是王充閭散文中最具特色和深度的部分，也是他實現自我超越後達到的新的境界，正是在這裏，作者與歷史與當下構成了立體的對話關係，表現出新的氣象。

三、史鐵生：超越生命的限度

史鐵生 1951 年生於北京，1969 年去延安地區插隊落

戶。1972 年因雙腿癱瘓回到北京，在街道工廠工作。1979
年發表第一篇小說，二十多年來，他坐在輪椅上，時刻經受
著病苦的折磨，但又不斷超越生命的局限，以小說、散文的
寫作呈現全新的生命境界，確立了一個令人感佩卻難以企及
的精神座標。

上天不公平，把太多的磨難加給史鐵生，讓他無休止地
承受病痛折磨。而他卻在生命的困境中，獲得了一個體味生
活的苦難，長時間靜心思索的機緣。當然，這樣的機緣，對
人生來說，是寧願不要的。可是，它畢竟來了。多數人無法
接受這樣一個現實，一旦災難來臨，他們只能守著這份苦
難，生出痛苦、悲哀，以至於走向絕望和崩潰。當然，史鐵
生在生病之初，也有這樣的心靈過程，也和其他被病痛剝奪
了健康的人一樣，苦苦地向上帝發問和控訴，斥責他的不公
正。假如一直沈浸在個人的痛苦中，即使拿起筆來書寫這痛
苦，至多也只屬於那種用生命的苦難構築華章的人，它留給
人們的只是一個新的不幸命運的例證，讓人們因此記起自己
身邊有這樣一些人，他們比自己不幸，由此對於自己不幸的
人類兄弟施予一些同情。

人的心是有坎兒的，有時，這坎兒很高，用平常氣力難
以超越。可是，一旦竭盡全力跨過去，生命便來到一個新的
天地。沈思之後，史鐵生做了一次最認真的選擇，從此，他
拿起了筆。寫作對於他，已經不是一個普通的個人愛好，更
不是一個眩目的標籤，而是他的生活方式，是他生命意義的
獲得和延伸。

於是我鋪開一張紙，覺得確乎有些什麼東西最好是寫
下來。那日何日？但我一直記得那份忽臨的輕鬆和快
慰，也不考慮詞句，也不過問技巧，也不以為能拿它
去派什麼用場，只是寫，只是看。有些路單靠腿（輪
椅）去走明顯是不夠的。寫，真是個辦法，是條條絕
路之後的一條路。

——《想念地壇》

從悠遠、渾厚、安靜的地壇出發，史鐵生傾聽到「那恒
久而遼闊的安靜」，於是，精神死過一回後，復生。於是，
鋪開一張紙，寫出《我的遙遠的清平灣》、《務虛筆記》等
小說，寫出《我與地壇》、《想念地壇》、《記憶與印象》、
《病隙碎筆》等散文，寫下了一個人在生命絕境中冥思、在
冥思之後獲得的精神過程。

史鐵生靜默著，在地壇公園裏，守著都市的荒涼，守著
荒涼中那一片心靈的綠蔭。史鐵生一直在執拗地想，從自己
的悲痛絕望想到超越具象存在的人類生命本身；史鐵生一
直在追問，命運是偶然還是必然，或者偶然中究竟有多少
必然。

病床、輪椅非但沒有使史鐵生生命的視界變得狹小、局
促。反而，史鐵生比在喧囂熱鬧中沈浮著的人們有了更多靜
心思索的時間和精力。而當史鐵生用審美的態度從容地審視
生命時，就使自己的心靈藝術化，提升到庸庸碌碌的日子裏
很難走到的層面。

有多少人讀了《我與地壇》之後，看到那個在地壇的落

葉和夕陽中，在生死之間徘徊的坐著輪椅的孤獨的身影，同情心油然而生，想輕輕走近這顆幾近絕望的心，伸出一雙誠摯的救助之手，給他安慰，給他精神支援，希望看到他從茫然孤獨中抬起眼睛，進而看到他眼中的新的生機。孰不知，精神的拯救是無法依靠外援的，他所需要的是自我精神拷問和提升，是對生命本質的全新認識。其實，當寫出《我與地壇》的時候，史鐵生已經走出了困境，走到一個新的境界。他站在了新的生命平臺上，平靜地考慮生死，考慮生命的「來路」和「去路」，他越來越從容，越來越有氣度地與上帝坐在談判桌上，論人，論命運，論生命的偶然或必然。

　　史鐵生所展示的心靈世界，需要我們認真來讀，而且只有洗刷掉我們身上太多的污垢，才能理解。他讓自己活在一個經過提升的高而單純的世界裏，同時又把這種生命的思索傳達給我們大家，使我們因此也感受生命本體的意義，充分明瞭命運的偶然性。不因命運一點點小小的恩惠而沾沾自喜，也不因命運的不公而痛不欲生。越往後，史鐵生越少了對生活的抱怨，少了由個體生命的苦難而激發的悲憤情緒。

　　史鐵生反覆掂量羅蘭・巴特的一句話：「寫作的零度」。他說：

> 「寫作的零度即生命的起點，寫作由之出發的地方即生命之固有的疑難，寫作之終於的尋求，即靈魂最初的眺望。譬如那一條蛇的誘惑，以及人類以愛情的名義，自古而今的相互尋找。譬如上帝對亞當和夏娃的懲罰，以及萬千心魂自古而今所祈盼著的團圓」。
>
> 　　　　　　　　　　　　　　　　——《想念地壇》

從這些生命的也是文學的元命題出發，不過問技巧，不去派什麼用場的「誠實」地寫，「安靜」地寫，「重新過問生命的意義」，「回到最初的眺望」，「去看那生命固有的疑難」，這才是真正的寫作。

史鐵生也有斥責，但他的斥責不是出於個人一己的噩運而激發的憤激之情。他看到寫作在許多時候已經墮落為「身份或地位的投資」，成為「比賽、擂臺和排名榜」，由排名而淪為一幕幕的鬧劇：「被排者爭風吃醋，排者乘機拿走的是權力」，他說：「倘寫作變成灑灑，變成了身份或地位的投資，它就不要嘲笑喧囂，它已經加入喧囂」。看穿了各種文學排名之後的欲望和強力，史鐵生再一次地「回望地壇，回望它的安靜」。

對我們每個人來說，人生都是一個局限，一個無法逾越的高度。只是，從身體來講，史鐵生所面臨的局限更多一些。但是，從心靈來說，人生又是一個永沒有邊界的宇宙，誰走得更遠就獲得更多。正是寫作使史鐵生找到了一條許許多多的人一生未能找到的通往精神宇宙的路徑。

史鐵生的生存狀態本身給了讀者太多的啟示，太多的感動，他用生命構成了一部血肉豐滿的最耐讀的小說，同時，又是一首內蘊豐盈的哲理詩。使人們覺得只要面對史鐵生，就不能愧對生命。

四、周國平：詩化哲學與人生理趣

　　周國平是從事哲學研究的，大學、碩士、博士都就讀於哲學系，畢業後又留在哲學研究所工作。文學創作對於他來說，從來就不是「正業」。他曾經說：「有兩樣東西，我寫時是決沒有考慮發表的。即使永無發表的可能也是一定要寫的。這就是詩和隨感。前者是我的感情日記，後者是我的思想日記。」。（《哲學與隨感錄》）然而，人生有時是充滿戲劇性的，竟是這些寫時沒想到發表的東西，使周國平紅紅火火地走進了散文天地，擁有了眾多讀者。

　　但追尋周國平的生命軌迹，似乎又能看出，走向文學實在是他必然的歸宿。哲學系科班出身的周國平在對西方哲學的研究中，從來就沒有對那些經院式的學術論證，對那些枯燥乏味的邏輯概念產生多大興趣，真正打動他的是那些「把本體詩化或把詩本體化」，「通過詩的途徑（直覺、體驗、想像、啟示）與本體溝通」，作品有「個性色彩和詩意風格」的詩人哲學家。他們以清新質樸的警句和那些雋永的格言所表現的人生智慧的魅力、個性的魅力深深吸引著周國平，喚醒了他心底那種用文學語言探究人生根底的願望，也決定了他後來的發展路向。

　　在哲學研究中，他首先選擇尼采，不僅僅因為要對一個有爭議的人物進行「價值重估」的學術需要，更大的動力還在於「尼采不是作為學者，而是作為一個活生生的人從事哲學活動的。」他是「一位人生哲學家」，「他最關心的是人

生意義問題。」[8]尼采「是一位把哲學當作生命的哲學家，……他一生苦苦探索的是生命的意義問題」。因為「他的思想原是一部『熱情的靈魂史』」。[9]

周國平主編了《詩人哲學家》一書，在漫長的西方哲學史中，開出了一個長長的詩人哲學家的名單，從古典時期的柏拉圖、但丁、盧梭、伏爾泰、歌德、席勒、荷爾德林……到現當代的叔本華、施蒂納、尼采、狄爾泰、柏格森、薩特、加繆、馬丁·布伯、馬爾庫塞、伽達默爾……。他特別欣賞那些探索生命哲學、人生哲學的思想者。和這些人的思想碰撞使他獲得了對人生根本問題進行不間斷思考的執拗態度和追求深刻、探究本源，走向終極的熱望。

儘管在哲學研究中，周國平始終把眼光放在那些和自己精神氣質接近的哲學家那裏，而遠離那以嚴謹的結構、科學的邏輯推演、枯燥的論證構成的經院學說，但他似乎還有些遺憾。因為既然是學術研究，他自己就只能潛隱在學術話語和研究對象之後，無論怎樣在研究課題、研究對象的選擇中，在研究者的獨特闡釋中，追求「六經注我」的境界，但畢竟，想像力在這裏受到了一定程度的束縛，「自我」難以得到最充分最無遮攔的體現。於是，有著強烈的自我渲泄願望的周國平終於想到要把那些寫給自己看的「最真實的東西」，那些「每次寫完就鎖進抽屜，誰也不讓看」的「隨手寫下的小雜感」拿出來公佈於眾。1988 年，他把自己的隨感以《人與永恆》為名結集出版了。之後，他一發而不可收，

---

8   周國平：《尼采 在世紀轉捩點上·前言》。
9   周國平：《為自己寫 給朋友讀》。

又陸續出版了《只有一個人生》、《迷者的悟》、《守望的距離》、《安靜》等多本散文集,成為引人注目的散文作家。

從哲學走向文學,從形而上的超驗的世界走向最具體、最自我的心靈世界,無論如何,是一個很大的跨度。而對於周國平來說,卻實在是一種必然的選擇。

在散文中,周國平再也不用把自己躲在研究對象之後,在對旁人的靈魂探尋中,潛入自己的智性和好惡。他把自己的興趣直接傾注於人間關懷,用散文這種最直接地表達感性世界的言說方式痛快地表現他的全部人生態度和人生理想。只有在這裏,他才最自我,心靈才真正得以多側面展示。

他的思考聚焦在帶終極性的人生問題上:人、永恒及其由此幻化出來的「生與死」、「愛與孤獨」、「幸福和痛苦」、「時間和永恒」等問題。他用自己的方式走向這些命題,用獨特的感悟和獨特的表達方式,把哲思文學化、或者說,以詩性語言表述自己的生命意識,以直接的人生體驗展示人類願望。在生命的存在與超越如何可能的冥思中,表現對審美人生的孜孜追求。

他認為「生命的密度要比生命的長度更值得追求」。人生一切困惑,一切智慧、都離不開「生命的一次性」這個前提。他認準了這個問題,並時時為它所困擾,所痛苦,所激勵,全部的深刻與思辨的力量,全部的熱情與希望,全部的理想與理想不能實現的深度失望及隨之而來的虛無感,都由此而生。這個問題對於周國平幾乎成為一種誘惑,一種昭示,導引他在創作的路上執著地走下去。他在作品中表現自己的人生願望,「未經省察的人生沒有價值」,「尋求智慧

的人生」，……他欣賞那種「依照真性情生活」的人，那些童心不滅，對人生有著相當的徹悟的人，那些有個性、有靈氣的人。認為只有這樣的人才能真正享受生命、享受愛情、享受友誼、享受大自然。「幸福與痛苦」、「沈默的價值」、「愛情的容量」、「女人和男人」、「等的滋味」、「平淡的境界」、「失去的歲月」……，從這些作品題目中即能對作者的寫作興趣看出大概。

　　從哲學走來的周國平頭腦中沒有散文模式，諸如「形散神不散」、「用思想的紅線串起生活的珍珠」等提法曾經使許多作家落入窠臼而難以自拔，而周國平從未在意過這些。在這個天地中，他自由甚至任性地用最自己的方式說著自己的話。有些短篇短到一兩句話：「孤獨者必不合時宜。然而，一切都可以成為時髦，包括孤獨。」「語言是存在的家。沈默是語言的家。饒舌者扼殺沈默，敗壞語言，犯下了雙重罪過。」長篇又可以洋洋灑灑，萬言不輟。

　　如果說，形象性是文學作品的本質特徵之一，那麼，周國平也沒有太多顧忌這一點。儘管他的一些作品有形象感，但這些形象也並非描述的中心，而僅僅是一團思想迸出的火花。「每年開春，仿佛無意中突然發現土中冒出了稚嫩的青草，樹木抽出了小小的綠芽，那時候會有一種多麼純淨的喜悅心情。記得小時候，在屋外的泥地裏埋幾粒黃豆或牽牛花子，當看到小小的綠芽破土而出時，感覺到的也是這種心情。也許天下生命原是一家，也許我曾經是這麼一棵樹，一棵草，生命萌芽的歡欣越過漫長的進化系列，又在我的心裏復甦了？」（《自然和生命》）而更多時候，他並不在意有

沒有形象，他直言自己的感悟，「真實是最難的，為了它，一個人也許不得不捨棄許多好東西：名譽，地位，財產，家庭。但真實又是最容易的，在世界上，唯有它，一個人只要願意，總能得到和保持。」（《真實》）「我們總是以為，已經到手的東西便是屬於自己的，一旦失去，就覺得蒙受了損失。其實，一切皆變，沒有一樣東西能真正佔有。得到了一切的人，死時又交出一切。不如在一生中不斷地得而復失，習以為常。」（《超脫》）。

　　這是一種經哲思濾過了的表達，它的優勢不在於細膩地描述客觀對象，在維妙維肖的狀物之中把讀者帶入藝術佳境，也不在於選擇華麗的語言，把作品所表現的對象加以包裝、美化，它所表達的仍是一種形上層次的思考，其中最起作用的是思辨的力量。無論是只言詞組、點滴收穫構成的隨感錄，還是長篇作品，都是心靈的剖白，大多採用自我關照型的言說方式，但由於作者關注的問題是走向審美人生所必須正視的問題，是探究人生的合理性、完整性，進而達到人的生存的有效性，進入自由的生命活動所無法繞開的問題，因此，作品有了一個獨特的但有意義的支點。儘管這樣的作品與現實生活的當下性、與日常生活語境保有一定距離，但恰恰是在這種距離中，我們看到了人類長久的守望的詩的境界，看到在物欲橫流審美理想缺失的現實條件下，心靈追求的意義，這或許正是周國平的作品擁有大量讀者的原因。

第六章

鄉土與家園

　　20 世紀 80 年代以來，在越來越頻繁的國際交流中，在世界文化大背景下，人們越來越自覺地認識了文化尋根的意義。我們經常說，愈是民族的就愈是世界的，我們還可以進一步說，愈是地域的就愈是富有「民族性」的，也愈是世界的，愈是能夠走出有限，走向永恒的。具有鮮明地域特色的生活不僅可能給創作帶來獨具風貌的文化色彩，而且一定可以為其提供源源不斷的寓意契機。只要作家對他的描寫對象的文化背景及現狀具備深刻而悠遠的歷史理解與發展把握，即一種洞察與感受的可能，他便擁有這種契機。地域文化色彩對於創作的影響，不僅體現在描寫內容與表現風貌的獨特性方面，還表現在特定的地域文化還可能直接地塑造或改造作家的包括直覺或感受方向在內的主觀世界，使他的精神面貌、氣質構成、情感底蘊、乃至他的思維方式或表達方式，都直接地受制於地域文化傳統或地域文化氛圍的熏陶，他本身即可能是這種文化的體現者。也因為他是這種地域文化的體現者或部分體現者，他的創造也不能不體現這種地域文化的獨異色彩。

　　新時期散文作家對鄉土風情的描寫經歷了一個發展過程。由一般的對鄉音鄉情的描繪，對故土生活的眷念，逐漸發展到對地域文化所具有的深層寓意世界的探尋，對某一地區獨特的地理人文環境的歷史理解和深度開掘，更重要的是，對在這種特定歷史氛圍中生活著的人的氣質情感思維方式的深入探究。一些描寫鄉土文化的作家已逐漸具備了這種自覺。

一、西部寓意世界的探尋

　　大西北，作為有著鮮明地域特徵和神秘色彩的獨特的存在，吸引了無數探尋者的目光。西部文學、西部電影應運而生，而且引起了世界的關注。西部散文也經歷了一個發展過程，逐漸走向成熟。

　　作品的地域性並非唯一性，它蘊含著一種總體文化指向，但同時又有著發展的無限可能性。同一地域，可能產生風格不同的作家作品，尤其是像西部這樣廣袤遼遠的土地上，本身就具備著文化的多元樣態和融合的趨勢，而這種多元和融合又恰恰是它發展的內在特性之一。西部較之發達地區，相對落後、閉塞、穩定，但又十分頑強獷悍，由許多豐富多彩的歷史文化圈子組成，但每一個圈子都體現著這塊土地的昨天、今天、明天，並深藏著人類生活的無窮的奧秘，以及那種人與自然、人與歷史的、充滿神秘感的物質關係及

精神牽連。廣袤無垠的空間和漫無邊際的時間過程孕育了人與自然、人與歷史的物質關係與精神聯繫。當作家把自己的人生體驗和歷史感悟蘊含其中，加以獨特的藝術表現時，便會產生優秀的作品。西藏的神秘莫測、新疆的遼遠開闊、黃土高原的貧脊和蘊含其中的生之意識、生之抗爭，……共同奏出了西部的樂章。它們是那麼不同，但地理方位的聯繫又給了它們共同奏響文化樂章的可能。

西部是古老的，也是現代的。它保留著更多過去的痕漬，也體現著民族的未來及光輝前景，以現代性的眼光觀照這片土地，就使思情跨越了具象，跨越了本體描寫而進入一種體現了民族精神與大西北色彩的寓意世界。一個由諸多個體生命形態構成的特定文化系統。這是西部作家對文化特質的把握和藝術追求，這種追求非常明顯地體現在散文創作中。

西部文學是「力」的文學，豪壯、粗獷、蒼涼、奔放、渾厚遼闊。人生的艱難和環境的困苦給生活的理解蒙上一層充滿奮鬥精神的憂患色彩、悲壯情調。陽剛之氣鑄就了西部風骨。這骨血來自大漠、草原、雪峰、綠洲，來自千佛洞的熱土、清真寺的冷月、胡楊林的奇兀、紅柳叢的風姿，來自空曠與滯重、艱辛與磨礪，來自馬革裹屍的記載、闖蕩天涯的軼聞……因此，它少見小院亭樹曲徑通幽的秀麗婉柔，也少見「尋尋覓覓」、「人比黃花瘦」的纏綿淒切，它有的是開拓者的縱橫馳騁、志士情懷和與自然搏鬥中的欣喜與悲涼……這一切足以建構西部散文獨特的風情與格調。

（一）賈平凹：「醜石」與西部的月光

賈平凹（1953- ），陝西丹鳳人，小說家、散文家。著有長篇小說《浮躁》、《廢都》等，散文集《月迹》、《愛的蹤迹》、《心迹》、《商州散記》、《商州三錄》、《賈平凹散文自選集》等。

賈平凹在新時期文壇上是引人矚目的。他的文學才華在小說和散文兩個領域充分展開。而作為他創作基石的是養育他的陝南商州大地。

賈平凹的作品並不像學者文化散文作家那樣做更多的理性分析，而是憑著機敏、靈透、細微的藝術感覺，把商州所獨有的生活、獨有的風土人情、獨有的文化內蘊細緻地品味出來。他說「我是個山地人，在中國的荒涼而瘠貧的西北部一隅，雖然做夠了白日夢，即一種時時露出的村相，逼我無限悲涼，……我只有在作品中放涎一切、自在而為，藝術的感受是一種生活的趣味，也是人生態度，情操所致，我必須老老實實生活，不是存心去生活中獲取素材，也不是弄到將自身藝術化，有阮籍氣或賈島氣，只能有意無意地，生活的浸潤感染，待提筆時自然而然地寫出要寫的東西。」[1]

賈平凹從自己立足的陝西商州出發，對生活做了深入的、注重歷史、人文內容的描述，他說，」我最願意回到生我養我的陝南家鄉去。那裏是我的根據地，雖然常常東征西征，北伐南伐，但我終於沒有成為一個流寇主義者。北伐，我莫過於愛去陝北，黃土高原的物土會給我以渾厚，拙樸；

---

[1]　賈平凹：《四十歲說》。

南伐，莫過於愛去四川，西南盆地的風情，曾給我以精光，靈秀；東征西征，我莫過於愛去黃河兩岸，它給我以水面貌視平靜、溫柔而內藏排山倒海的深沈和力量。」[2]

賈平凹的作品描寫那片家鄉的土地上的農民生活，表現了他們的過去與現在、他們的悲哀與痛苦，特別是那種自覺或不自覺的精神現象，當然他也準確而生動地體現了那裏的風土人情，那裏的獨特的經濟關係，但他的作品的意義並不僅僅止於此，因為他的全部描寫所傳達的，主要在於那種人與人的深層文化內涵及潛結構中的意識，那種特定歷史時期、但又不僅屬於特定歷史時期的精神意蘊，那種具體的社會人情內容與道德觀念。總之，他不僅探索了那裏的農民，而且開始揭示人的秘密與人的世界的秘密。他作品中的人物幾乎可以構成一個個生命形態的特定文化系統。

賈平凹的根扎在生養他的家鄉，和由此擴展的西部的土地上。他帶著欣賞的眼光看那在現代化進程中被拋下很遠，但卻因此而保留了獨特性的方面。

「外面的世界愈是城市興起，交通發達，工業躍進，市面繁華，旅遊一日興似一日，商州便愈是顯得古老，落後，撞不上時代的步伐，但亦正如此，這塊地方因此而保持了自己特有的神秘。……那裏雖然還沒有通上火車，但山之靈光，水之秀氣定會使你不知汽車的顛簸，一到那裏，你就會失聲叫好，真正會感覺到這裏的一切似乎是天地自然的有心

[2]　《賈平凹散文自選集·山石、明月和美中的我——文外談文之三》，灕江出版社，1992 年 5 月。

安排，是如同地下的文物一樣而特意要保留下來的勝景。」[3]

對於在這個僻靜的小地方生活的人們，賈平凹更是表現了一往情深的眷戀之情：

> 出奇的是這麼個地方，偏僻而不荒落，貧困而不低俗；女人都十分俊俏，衣著顯新穎，對話有音韻；男人皆精神，形秀的不懦，體壯的不野；男女相間，不疏又不戲，說，唱，笑，全然是十二分的純淨呢。物產最豐富的是紅棗，最肥嫩的是羊肉。於是才使外地人懂得：這地方花朵是太少了，顏色全被女人占去，石頭是太少了，堅強全被男人占去，土地是太貧瘠了，內容全被棗兒占去，樹木是太枯瘦了，豐滿全被羊肉占去。

——《延川城感覺》

與其說是這樣的地方出奇，不如說是作家的想像出奇，情感出奇，面對「偏僻」、「貧困」的土地，賈平凹硬是從中品出了令人陶醉的詩意，真有些「情人眼裏出西施」的味道。若沒有深沈的滲入骨髓的「愛」墊底，很難有如此情懷。

賈平凹不僅咀嚼商州山水中的韻味，他也進一步從中升騰起來，進入空靈澄美的境界。他的《一棵小桃樹》、《月迹》、《天上的星星》、《靜》、《月鑒》等作品，朦朧、模糊，像一幅幅寫意畫。其中作者意蘊的具象表達，是在於對世間萬有的生命活力的歌頌。女人、月、水、石，成為他

---

[3]　《賈平凹散文自選集‧商州初錄‧引言》，灕江出版社，1992 年 5 月。

的主要表現對象，女人的情緒和心理在賈平凹的審美裏帶有無盡的神秘感，給他的生命探尋提供了無邊的領地，月、水、石在作者筆下，也個個帶上了強烈的主觀色彩，它們都與人的世界交織，成為有靈性、有詩意的生命，他從中獲得的仍舊是生命感悟，是無所閾限的天地，是一種生命情懷的對象化，作者的才智在這裏得到了更充分的展示。

「月」和「石」是賈平凹作品中出現最多的意象。這是因為，在從童年到少年的人生途程中，

> 慰藉以這顆靈魂安寧的，在其漫長的二十年裏，是門前屋後那重重叠叠的山石，和山石之上的圓圓的明月。這是我那時讀得有滋有味的兩本書，好多人情世態的妙事，都從它們身上讀出了啟會。
>
> 山石和明月一直影響著我的生活，在我舞筆弄墨擠在文學這個小道上後，它們又在左右了我的創作。
>
> ……山石是堅實的，山中的雲是空虛的，堅實和空虛的結合，使山更加雄壯；山石是莊重的，山中的水是靈活的，莊重和靈活的結合，使山更加豐富，明月照在山巔，山巔去愚頑而生靈氣，明月照在山溝，山溝空白而包涵了內容。這個時候，我便又想起了我的創作，悟出許許多多不可言傳的意會。」

> ——《山石、明月和美中的我——文外談文之三》

賈平凹從「月」中體會到的是遠遠超出對象本身的生命的形態和「永恒」的意蘊：

你夜夜出來，夜夜卻不盡相同：過幾天圓了，過幾天
虧了；圓的那麼豐滿，虧的又如此缺陷！我明白了，
月，大千世界，有了得意有了悲哀，你就全然會照了
出來的。你照出來了，悲哀的盼著你豐滿，雙眼欲穿；
你豐滿了，卻使得意的大為遺憾，因為你立即又要缺
陷去了。你就是如此千年萬年，陪伴了多少人啊，不
管是帝王，不管是布衣，還是學士，還是村孺，得意
者得意，悲哀者悲哀；先得意後悲哀，悲哀了而又得
意……於是，便在這無窮無盡的變化之中統統消失
了，而你卻依然如此，得到了永恒！

——《對月》

月亮白光光的，在天空上，我突然覺得，我們有了月
亮，那無邊無際的天空也是我們的了：那月亮不是我
們按在天空上的印章嗎？

——《月迹》

漠漠的天空有了這月亮，天空這般充實，草壩有了這
月的光輝，草壩顯得十分豐滿。

——《月鑒》

賈平凹從自己立足的本土出發，從自然中體味超越當下
的意味，並非偶然興致所至，他從人類發展的高度，對此有
過較深入的思考。他說：「要作為一個好作家，要活兒作得
漂亮，就是表達出自己對社會人生的一份態度，這態度不僅

是自己的，也表達了更多的人乃至人類的東西。作為人類應該是大臻相通的。我們之所以能看懂古人的作品，替古人流眼淚，之所以看得懂西方的作品，為他們的激動而激動，原因大概如此。……我們應該自覺地認識東方的重整體的感應和西方的實驗分析，不是歸一和混淆，而是努力獨立和豐富，通過我們穿過雲層，達到最高的人類相通的境界中去。過去的「越是民族的越是世界」的言論，問題出在這個「民族的」是不是通往人類相通的境界去」[4]。

　　賈平凹努力抓往中國古典藝術本質的意，即意念、意境、意蘊，或心為形所附，形為心所依等主觀性特徵，及西方現代主義的強調心靈表現、探尋人的潛在精神世界的趨向，形成自己獨特的藝術著眼點。在賈平凹散文中，主體意識得以伸張。他散文的原點，往往交織著生命的不可知論，自覺追求一種「悟」、「虛」、「靜」的境界。作品中常有「爺爺」、「奶奶」、「老者」一類全知全能的人物，他們喋喋不休地說道著，不知不覺把讀者帶進作者追求的境界。

　　賈平凹散文創作最重要的意義還在於他銳意突破固有模式，試圖創新的自覺追求。他的創意並非僅僅在某一具體的手法和技巧上，而是在大文化背景上，自覺發現中國古典藝術和西方現代主義文學之間的相通相似之處，並努力實現中國古典藝術與西方現代主義文學之間的橫向媾合。他說，「花力氣去在中國古典藝術中找到那些與西方現代派文學相通相似的方法吧。藝術是世界相通的，存異的只是民族氣

---

[4]　賈平凹：《四十歲說》。

質決定下不同表現罷了。從它們相通相似的地方比較，探索
進去，這或許是一條最能表現當今中國人生活和情緒的出路
呢」。[5]

（二）周濤：大漠風骨與「北方的嘴巴」

周濤（1946- ），山西人，九歲時隨父親進新疆，現為
蘭州軍區政治部創作室副主任。

周濤是八十年代初即嶄露頭角的詩人，和同在新疆的楊
牧、章德益一起，被稱為「新邊塞詩人」，以其獨特的視角
和充滿陽剛之氣的創作為許多青年讀者所喜愛。八十年代中
期以後，周濤開始了散文創作。近年來，出版了散文集《稀
世之鳥》（解放軍文藝出版社，1990）、《周濤自選集》（新
疆人民出版社，1992）、《秋風舊雨集》（解放軍文藝出版
社，1992）、《人生與幻想》（上海文化出版社，1992）等。

新疆是養育周濤的地方，對這片土地，他懷有深切的感
情。他溶入其間，吮吸著它的精髓和靈氣，更感受它的冷峻
而熱烈，坦蕩而神秘。更重要的是，它的博大和廣漠給了周
濤一種眼光和氣度，使他的作品中蘊含著奪人的氣勢和獷悍
而勁健的風骨。或許，這正可以稱得上是「西部風骨」。

「西部風骨」是一種自覺的地域情懷和由此生發的文化
反省。身處邊地，周濤感受著它的荒涼和寂寞。「邊陲是一
個在相當一部分人內心裏被蔑視或憐憫的概念，這我知道。
在一個有著漫長中央集權傳統的社會群體心目中，它意味著

5　《賈平凹散文自選集》。

遠離權力中心，在花柳繁華、六朝粉黛的江南名士傳統外，它代表了荒寒粗礪的非人生存在狀態，在沿海商品人潮的反差對比下，它更是一種被遺忘的，似乎可有可無的存在。」（《邊陲》）但正是在這裏，周濤用他那獨特的聲音寫道：「邊陲是永恒的。它的土地，它的人，總是在時髦的漩渦之外提供某種不同的存在。那就是美。」這種美是有力度的實有。如「鞏乃斯的馬」，「它奔放有力卻不讓人畏懼，毫無兇暴之相；它優美柔順卻不任人隨意欺凌，並不懦弱，我說它是進取精神的象徵，是崇高感情的化身，是力與美的巧妙結合……」（《鞏乃斯的馬》）如《猛禽》中的「鷹」，「風聲就變成了祖先尖利的嘯叫，一下就點燃他胸脯前狂流奔竄的猛禽熱血，一直湧向咽喉，使他興奮、激動不安，渴望在拼搏中死去。」「他每天都在這塊岩壁上站很長時間，他也說不上為了什麼，反正他身體裏有一股力量，一股模糊的欲望促使他等待什麼似地站在這兒，漫無邊際地想，漫無邊際地望。他好像覺得自己也化成了岩石的一部分，成了這生命大舞臺的局外人和旁觀者。」（《猛禽》）如「喀喇昆侖」，「海拔高度原來就是一種境界，進入卓越宏大的山系，就是在接受對人生各個階段的摹擬和暗示。……來到這個軀體龐大的巨物身上，小情趣或小歡樂或許會少些，但有可能得到把生命置於大境界的考驗之後的堅實認識。」（《蠕動的屋脊》）在遼闊的西部，周濤「把城市當住宅，把自然當庭院，把一年當一天」，做著瀟灑的散步。

這樣散步挺好。

　　通往博樂的那長 30 公里岔道，可以當作一條通往庭
院僻靜一角的幽徑；

　　昌吉呢，是從住宅走下來時的一個臺階；

　　到了石河子，就算臺階走完了，踏上了出入庭院的主道；

　　果子溝應該是院中的一座保留完好的、長滿了自然植
被的小丘；

　　賽裏木湖這一小池水，在院子裏保持著它的清澈和生機；

　　牛羊、馬匹、駱駝、狗和毛驢，是你在散步中遇到的
螞蟻和小昆蟲；

　　只有太陽是原來的，只有月亮是原來的。

　　這樣散步挺好。

——《伊犁秋天的箚記》

　　或許，這就是廣博、浩瀚的西部孕育的遼遠的情懷，這
就是對西部邊陲所具有的魅力的認真咀嚼和品味。

　　對西部的開掘，可以是當下的，也可以而且應當是歷史
的。中國的西部是神秘的，許多歷史被埋在了地下，因此，
要翻開歷史，就要同時翻開那深藏於地下的悲涼。周濤情願
拂去歷史塵埃，去觸摸那「沒有古迹、墓碑的」地方。他形
象地把這種地方稱為「北方的嘴巴」。

　　悲慘的嘴巴，無水的山溝。在北方，這類山溝到處都
是，兩山相疊，像兩片因乾燥而張開的皮膚粗糙的嘴
唇。……除了山石泛著仿佛血水染過之後又被烈日曬
舊的褐紅之外，所有曾經發生過的驚心動魄的往事遺
迹都被這乾渴的北方之唇給吃光了，骨頭渣兒也不剩。

殘忍的北方。

沒有古蹟、墓碑的失去記憶的北方。

北方的嘴唇，就像這條臥虎不拉溝一樣，毫無表情也毫不留情地噘著，一副乾燥而又麻木，焦渴而又冷漠，愚蠢而又傲慢的樣子。

——《哈拉沙爾隨筆》

　　先是詩人，後做散文的經歷對周濤有著重要的意義。濃重的抒情色彩和詩的語言詩的節奏在周濤的散文中突出地表現著，而他作品中的理性色彩也可看作是他詩歌特點的延伸。如《捉不住的鼬鼠——時間片論》中，作者用哲理詩的語言寫時間，「它是誰？它是鐘錶裏的刻度，是太陽和月亮的約會；是由黃轉綠暗暗托出春天的一隻看不見的手，是淹沒著宇宙萬物的滔滔洪流；是神秘的意志，神秘的臉，是一切生命的殺手和產婆。」這裏所表現的思辨色彩顯示了作者思考的深度和語言的凝煉。而另一些各部分之間關係鬆散的長篇散文，具有很強的跳躍性，而流貫全文的奇思玄想則更有詩的興味。

　　周濤的意義而在於他掙脫現實羈絆的努力和心靈的張揚，在於那種探究人類的精神和生命的自在狀態的努力，在於那種充滿陽剛的野性，和那種與大漠草原扭結在一起的生命力度。儘管，近年來，周濤已經顯出難以自我超越而帶來的焦慮和困惑，但是，他所做的努力，對於當代文壇是極有意義的。

（三）馬麗華：超越苦難，追趕高原永恒的太陽

馬麗華（1953-），女，山東濟南人，詩人，散文家。著有詩集《我的太陽》，散文集《追你到高原》、《藏北遊歷》、《西行阿里》等。

馬麗華的散文，是她十餘年西藏生活的記錄，是她在那片離太陽最近的地方，對靈魂與苦難反覆追問的結果。

長期生活在西藏，踏遍西藏的山川，經歷了種種磨難，馬麗華做出了自覺的選擇。她說：「一位學者曾斷言，安寧與自由，誰也無力兼獲二者。我和友人們義無反顧地選擇了後者，寧肯受苦受難。」（《渴望苦難》）驅使她這樣選擇的力量，不是來自狂熱，不是來自某種勢力的號召，而是因為在她看來，雪域西藏和它的屬性——苦難當中，也許蘊藏著全部人類靈魂的奮鬥與解脫之路。這即是因為西藏高原酷寒，在那裏存在著巨大的自然力的挑戰，也存在著一種極端形態的生命力；也是因為西藏久遠的生存遷徙歷史長卷中，為了尋求超越，曾經誕生過一次次壯觀絢麗的宗教、神話和數不清的精神解脫之路。這一切，當苦難降臨的時刻，會像鮮花綻放在人們面前一樣展現出來，會使看到它的壯麗與神秘的人驚歎不已。

馬麗華的追求，就是要通過觀照苦難，觀照在雪域生活的人們在苦難當中所表現出來的膽量與智慧，為自己、為更多的人尋求精神超越之路。這種嘗試，以及她進行這種嘗試的神奇而苦難的土地，為她的散文提供了超拔的境界。

《藏北啟示：超越苦難》是馬麗華經歷苦難、理解苦難的一篇動人的文字。作品記敘了一次翻車的經歷。在作者乘

坐的破吉普車幾于抵達唐古喇山口時，翻下了路基，作者也
被玻璃劃傷了，與死亡擦肩而過。在談到對死亡的感受時，
作者說，「在藏北高原的冰峰雪嶺間，死亡不再嚴峻。它只
是回歸自然的一個形式。大自然隨你去任你來，一切都天經
地義。」因此，

> ……渴望暴風雪來得更猛烈一些，渴望風雪之路上的
> 九死一生，渴望不幸聯袂而至，病痛蜂擁而來，渴望
> 歷盡磨難的天涯孤旅，渴望艱苦卓絕的愛情經歷，饑
> 寒交迫，生離死別……最後，是渴望轟轟烈烈或是默
> 默無聞的獻身。

　　她總結自己七次來藏北的感受：「自 1986 年 4 月末唐
古拉誤車開始，差不多一年時光，我七次來藏北，每次都有
新感受。即便對於苦難和認命，也有了比較一年前更深切些
的理解。而幾乎所有的感受都與大自然有關。大自然並不
因，也不為誰的存在而存在，即便沒有人類，它依然萬古長
存。……大自然如此無一遺漏地包容了一切，當然包括微不
足道的人類，當然也包括了更加微不足道的個人命運，以及
通常我們所稱之為欣悅或苦惱的幸與不幸。」這種對於苦難
的超越性理解，已經完全走出了具象人生的瑣細和無奈，而
進入對人生根本性問題的形上思考。
　　馬麗華的思考沒有停頓於這種人生感慨，她更進一步進
行文化人類學方面的考察，以期對西藏高原的歷史文化做進
一步的探詢。在內地人眼裏，西藏是神秘美麗又遠不可及、
高不可及的世界屋脊；在西藏人眼裏，阿里是一塊充滿了歷

史义化之謎、自然之謎的神奇地域,是「世界屋脊之屋脊」。
要探究西藏的歷史之源,不可不去阿里,要探究西藏的文化
之源,不可不去阿里。然而阿里之偏遠,通往阿里路途之艱
險,又使得阿里之行難而又難。馬麗華歷經生命的危險,以
親眼所見、親耳所聞的大量材料,寫成了《西行阿里》一書。
她說:「我以一向的表達方式,呈現足之所至的我的阿里三
圍:扎達、普蘭和日土,盡可能描繪作為山之巔、水之源的
雄山麗水、乾旱荒莽之原上的光天化日,以及那些彌漫於已
廢棄的王宮寺宇古商道原始洞穴之上的文化謎團」,作者寫
一個邊境小村村民的生存外貌及精神風貌,寫名揚中南亞為
眾多國度和宗教信奉的神山聖湖,介紹來自印度西藏等地古
老經書的描述和民間傳說,⋯⋯總之,是要「設想象雄——
古格——阿里的數千年興衰史,看能否從中發掘出一條歷史
——精神史的線索。」[6]

作者從西元九世紀中葉七百年古格王朝悲涼的序幕切
入,展示阿里地區活生生的蘊含豐富的文化史。從當年禦敵
的鵝卵石、箭頭,從保存完好但屍體盡皆無首的藏屍洞,從
生動傳奇的歷史人物,從至今猶存的夫婦分居風俗⋯⋯人們
看到古老的象雄——古格的輪廓,看到了它的興衰起落、封
閉開放的複雜形態。作者「注目於這片大地上的文化變遷,
遙想未來人類的走向,設計理想中的最佳生活模式。」 於
是,作者在實地考察的基礎上,進一步做歷史的回溯,宗教
的追蹤,傳說的尋繹、現實的考察,歸根結底是立足於當代

---

[6]　馬麗華:《西行阿里・第七章・昨天的太陽,永恒的太陽》。

有深層文化探詢。她祈望著「東方精神在與盛氣凌人的西方
世界的對峙中處於明顯劣勢的狀況下，終能超越急功近利的
實用主義表像，呈現出更長久、更深厚、更堅韌、更美好、
更符合天理人性的本質」。正是從這個意義上說，「這枚阿
里的太陽，屬於昨天，屬於明天。是永恒的太陽。」

二、鄉土情結與家園意識

在新時期散文創作中，有一批作家把眼光放在了養育他
們的故土上。同「五四」時期的鄉土作家群相似，新時期脫
穎而出的一批鄉土散文家也並非處於同一地域，同一人文背
景。這些作家有的生長在「土」得掉渣的北方鄉村，有的生
長在明山麗川的江南水鄉；有的是懷著對故土深深的眷念歌
頌養育自己的一方山水，有的則是懷著對農業文化深層中蘊
蓄的生命意志和自然感受力的憧憬，在土地與自然事物融為
一體的描述中，表現自己的生之理想。他們的創作風格、個
人的藝術情調也有著極大差異，呈現出各自的特色。但他們
共同表現出來的是一種強烈的家園意識。

這種意識首先體現在對個體生命的看重和眷念。在鄉土
作家的作品中，無論是對童年的回憶，對家鄉風土人情的詠
歎，還是對母親和大地具有實感和象徵意義的描述，都深深
透露出一種個體的生命籲求。這些作品大多是把大社會僅僅
作為一個背景，而且是相當模糊的背景，而將家鄉、故土最
值得眷念的內容推到前景，使之佔據了作品的時空。正是由

於不同的地域、不同的人文背景有著十分鮮明的差異，再加上作者個人經歷和體驗的獨特性，就使得鄉土作品在某種意義上講，具有難以重複性，而當我們把這些作家和他們的鄉土作品放在一起來看時，便會從中看出更豐富的文化內容。

強調地域觀念，還要在古老的土地上投以現代眼光。當作家審視自己生長的土地時，重要的是以一種怎樣的審視眼光來穿透歷史、意會生活，來感受或領略這塊土地上的人與事的美學意蘊。

這種家園意識還體現在一些作家有意表現意味世界，探尋故土中潛含的文化深味，用家鄉的淡、白、俗的生命情調體現自己對詩性的審美人生的嚮往。作家張煒在他的《綠色遙思》中說，「讓我們還是回到生機盎然的原野上吧，回到綠色中間。那兒或者沈默或者喧嘩，但總會有一種久遠的強大的旋律，這是在其他地方所聽不到的。自然界的大小生命一起參入彈撥一隻琴，妙不可言。我相信最終還有一種矯正人心的更為深遠的力量潛藏其間，那即是向善的力量。讓我們感覺它、搜尋它、依靠它，一輩子也不猶疑。」張煒不再單純是一個沈思道德的意識形態至上者，而是一個倡導克服現代人虛假自我影像，作自我認識、自我綜合、自我鞏固的生命文化的執著追求者，他希望現代人培養對生活和自然的感受力、體驗力，在與土地、自然事物融為一體的思路中建立善良無惡的自然人性原則。這種自覺的對自然的摯愛之情，這種對平實的生活中蘊育的深意的探究使鄉土散文帶有了一定的哲理意味。但一些鄉土作家的作品並未能達到這種自覺。

　　近年來，都市轟轟烈烈的發展佔據了越來越多的空間，向它的四圍瘋狂地蔓延。越來越多的鄉里人帶著渴望，帶著憧憬到都市裏尋找他們的夢，那是在電視裏看到在廣播裏聽到的實實在在的現代生活的夢，多彩的夢。那夢裏的生活比起自己的日子熱鬧得多，精彩得多，花哨得多。在他們進城的時候，丟了土地，丟了鄉下留給他們的一切。只是，在年節時，可能會回家看看；只是，在夢裏，可能浮出一點鄉間的記憶。

　　巨大的城鄉差別也是文明的差別。懷著強烈的求知渴望和改變命運的願望的鄉村青年拼命讀書，增長知識，最終，獲得了高學歷，徹底改變了身份，離開了生於斯，長於斯的地方。同時，也獲得了和父輩完全不同的精神空間，改換了內心的生活。鄉村有時還在他們的心中，在他們的筆下，但隔著時間的長路看過去，沈澱下來的要麼是一些美好的親情、友情，或者是那些童年時期的夢。農村只不過是他們兒時生活的一點記憶，一點點綴。

　　儘管，在中國廣袤的大地上，一片連一片的，一眼望不到頭的還是鄉野，還是農田，但是，曾幾何時，那些地頭上再也少見青年後生的影子，再也沒有了往日的紅紅火火，熱熱鬧鬧。鄉村留給了婦女和老人，和那些由他們帶著的還不能出走的孩子。

　　生活在變，人心在變，眼光在變。都市生活已經強佔了生存空間，更佔據了心靈的天地。鄉村正在一天天逝去，一天天被拋棄。文化也在鄉村中一天天黯然失色。

　　在這種情況下，鄉土散文的發展就有了特殊的意義。既然作為中國人生存方式的重要部分，農村還大片大片地存在

著，既然那裏還有很多人在生活著，痛苦著，快樂著，那麼，他們的生存狀態，他們的喜怒哀樂就是一些生動的存在，就應當被關注、被尊重、被書寫。

（一）周同賓：來自中原的「土之戀」

河南作家周同賓著有散文集《鄉間的小路》、《葫蘆引》、《鈴鐺，叮噹，叮噹》。他的作品大多表現了對故土的眷念之情。

周同賓是「土裏生，土裏長」的「農民的兒子」，後來，離開了故土，山隔水阻，但仍舊不能忘記「故鄉泥土的恩惠」。他「固執地把注意力投向故鄉的土地，」「鄉親」、「鄉音」、「鄉景」、「鄉情」，給了他靈感、構思、語言，他追求創作的「泥土味」。[7]文學，寫奇述怪容易，寫平述淡難，周同賓的故鄉在中原一個極普通的小村莊，沒有傳奇人物，沒有像樣的山水林木，甚至站在村邊就能一眼望到頭。因為沒有山，村中的幾塊石頭，便都有了自己的名字，有了自己的故事。沒有像樣的大河，橋不多，幾條石板、幾塊石頭支起的石橋，也有了名字，有了故事。這裏的人也極普通，是中原那種滿處都能見到的拴柱兒、八奶奶、福二爺們，但這是一個「世界」，一個有著生命躍動，有著長長的歷史的厚重的世界。平淡中化出了不平常的故事。將軍石、福壽石、泰山石；馬蹄橋、德善橋、糊弄橋，各個因為和神話傳說、歷史人物、善惡故事有了些聯繫而帶上了幾分神

---

[7]　周同賓：《土之戀》。

秘、神奇和神韻。粗糙簡單普通的外形因其間躍動著古老的
生命，並關涉到當代生活著的人們而生動起來。作者筆下的
人物也是最普通的。有的在本色中還略帶傳奇性，有的乾脆
一點也沒有神奇可言，但當他們的生命和作者的生命碰撞，
被人性之光照亮時，便有了動人的意蘊。

　　近年來，周同賓更多思考農民的苦難，2001 年創作的
《饑餓中的事情》讀來讓人心靈顫抖。四十年前，大躍進、
大食堂，人為製造的遍及鄉野的饑餓中，父老鄉親們承受著
巨大的災難。「饑餓消蝕人的尊嚴」，「饑餓中，人心比鐵
還硬，人情比紙還薄」，「饑餓中，正直善良的人也變得自
私、殘忍」，「饑餓中，親情已淡得幾近於無」。他告訴人
們，歷史應當記住這一幕，讓它不再重新上演。

（二）賈寶泉：藍色的尋根之夢

　　賈寶泉，河北邯鄲人，散文家。著有散文集《人生，從
序到跋》、《當時明月今在否》等。

　　像許多愛家鄉、寫家鄉的作家一樣，賈寶泉的許多作品
都深深扎根在家鄉的土地上。他寫家鄉的人和事：祖父、父
親、母親、姐姐、二爺……這些在冀南農村的那個小村莊裏
生活著的最普通的人走進他的作品；他寫冀南平原上「蜂巢
一般」密集的村子中那極普通的一個，寫那裏並不一定很
美，但卻融入他血脈的自然面貌，雲朵、秋雨、陽光、荷塘，
秋收時的麥場，田野上的田鼠、小獾、狐狸、刺蝟，……這
些生出無限童趣的東西，多次在他筆下呈現。他把「這片熱

土看作『無限』的自然」，把創作之根深深扎在這裏。他觸景生情，內遊神思，生出許多慨歎。在他的作品裏，故土已不僅僅是一個個具象的實體，在生命的漂流中，它幻化成時間長河中的一個個港灣，帶著特有的情調和意味，載入詩性的審美人生的追尋中。

他從故鄉獲得的不僅是獨特的生活內容，故鄉，塑造了他最初的人格，培養了他的生命意志和對自然的感受力。他的精神面貌、氣質構成、情感底蘊，乃至他的思維方式和表達方式，都與這塊生養他的土地有關。即或是離故鄉遠去，那生命的泉也不會乾涸，成為作者總體文化指向的出發點。在這裏，他傾聽人類的聲音，感悟現實人生的真實樣態和潛含的形上意蘊。

> 歲月使我跟往昔越來越遠。童年少年的事，仿佛從一處小水窪看月影，開始尚得看清月之全貌，隨著時光的蒸烤，水越來越少，映出的月影也越來越殘缺，等到水全部乾涸，月影便消失了，只留下月魂任風播揚。因為月給過我慈愛，在某種意義上起到慈母的作用，我便收攏飄散的月魂，入我心中，給它找到安靜的靈府，它便得以小憩了；又因為我心中沒有地球的運轉，故而月不會被地球遮蔽，不會發生月食，月將永是清華與嫵媚的一輪，它將同我生死與共，歲歲年年永不分離。我呢，也就祈禱我心中的月兒保我的平安了。

——《當時明月今在否》

　　在賈寶泉的作品裏，無論是對童年的回憶，對家鄉風土人情的詠歎，還是對母親和大地具有實感和象徵意義的描述，都深深透露出一種殷切的生命籲求。他並不滿足於一般的生活風情面貌及習俗特點的描寫，而是站在自己的那塊土地上洞察生活與體驗整個存在世界。他把大社會僅僅作為一個背景，而且是相當模糊的背景，而將家鄉、故土最值得眷念的內容推到前景，使之佔據了作品的時空。在昨天、今天和明天的透視中，精心探究人類的奧秘，探究人與歷史那充滿神秘感的物質關係及精神牽連。並且在古老的土地上投以現代眼光。「從一定意義上說，散文的根散佈在鄉間，……中國散文必定散佈黃土地味道。中國鄉間更適合散文的長進。」[8]

　　許多年過去了，雖然，他已遠離故鄉，在都市文明的喧囂與繁雜中，故鄉的圖景已不再那麼清晰，那麼生動，而且，時間的塵埃覆蓋了許多東西，他心中的那片故土，在今天怕是不可能復現了。但那是他接著「地氣」的地方，是他的「根鬚」所在。故鄉的老屋可能早已坍塌，但「老屋如船，載著我，漂過流逝的歲月，『誰謂河廣，一葦杭之。』歲月之河寬泛得茫然無際，而老屋的行舟，終究要把人們從生命的此岸渡向彼岸，再由生命的彼岸渡向此岸，往返不盡的行旅是歲月之河此起彼伏的澄波。」（《葦航》）故鄉的小院或許也已改變了模樣，但「立在小院裏，有一種『主人』的感覺復歸身上，形象也好像高大起來了，兩隻腳也像長出根鬚深

----

[8]　賈寶泉：《當時明月今在否‧後記》。

入泥土中了。……我只有把根向下扎得深些，枝幹才能向上生長。」（《小院風雪立多時》）特殊的地域生活不僅可能給創作帶來獨具風貌的文化色彩，而且一定可以為其提供源源不斷的寓意契機只要作家對他的描寫對象的文化背景及現狀具備深刻而悠遠的歷史理解與發展把握，即一種洞察與感受的可能，他便擁有這種契機。

當一個作家審視自己生長的土地時，重要的是以一種怎樣的審視眼光來穿透歷史、意會生活，來感受或領略這塊土地上的人與事的美學意蘊。賈寶泉說，「在我，時常將散文想像為道路現實與夢想之間的道路，而散文創作，就是用現實的材料建築未來的宮殿。這座宮殿由水晶做的穹頂，人坐在裏邊，不阻隔視線，視野倒比平素更為寥廓，跟漫步在曠野中一般；倘若冰雹和流星來襲，這層水晶罩便是防護層，每當大暴雨從天而降，心裏雖然發慌，畢竟落不上頭頂，於是對它生出感激。」[9]他認為「好散文腳踩四隻船：人情，哲理，歷史，科學」。[10]他希望自己的作品「與哲學、歷史結緣；以徑尺之幅，展示大千世界，興感過去未來，蘊含無盡之意；其氣格如鴻鵠翩然高翔騰入寥廓，自成一脈激越與悲壯。」[11]

理性的追求把賈寶泉散文引向了一個境界，他有意在人生、社會、自然的結合中，開創一條思辨式散文的路子。他

---

[9]　賈寶泉：《散文，生命與心靈在大地上的投影》《散文選刊》1994 年第 9 期。

[10]　同註 9。

[11]　《我與散文》，《中國散文百家譚》，四川人民出版社，1993 年。

的許多表現社會生活，寫自己人生經驗的作品，不把筆停在反映現狀態的層面上，而是以具體生活為切入點，去尋訪具有普遍意義的人生問題。

內心精神整體是孕育作品的溫床，而這種精神整體不是盲目的、純偶發性的衝動，而是建基於反省、自知基礎上的整體性感受。有了這種對生活的整體性感受，作家才能在思想情感的內在時空中獲得自由，把對生活的感悟、理解和探究凝成光束，投向自身，投向心靈深處的情感世界，使先前從生活中積累下來的朦朧感受和內心體驗，以感性形式存在著，又積澱著理性內容。

賈寶泉用他的心感受著生活的美，用他的散文表現著生活的美，人與自然「兩相戀，兩不擾」，構成了他作品中的完整世界，在這個世界裏，他永遠追尋著那詩意的居住。

（三）劉亮程：鄉村哲學

九十年代後期，新疆青年作家劉亮程的出現給鄉村題材的寫作帶來了新鮮的東西，他的散文集《一個人的村莊》一出版，即引起了廣泛關注。

作為一個寫作者，我們常常會為自身的生活不夠精彩而遺憾甚至抱怨。但對於劉亮程，生活不在別處，不在他人充滿傳奇色彩的經歷中，就在大西北那個叫作黃沙梁的普通的村莊。他生活的村莊雖然在新疆，但不是令旅遊者驚歎的巍峨神奇的天山、綠樹參天的白楊溝、雪山明珠般的天池，既沒有雄渾奇特的風景，神秘傳奇的故事，也沒有深厚的文化

槙澱，悠長的歷史記錄，那裏人煙稀薄，色彩單調。像那些最普通的村莊，沒有轟轟烈烈的故事，沒有天翻地覆的變革。牲畜無非是牛馬羊驢，人也無非是春種秋收，平常地生，平常地死。這實在是被那些帶著一種抒情的熱望四下尋找的作家瞧不上的地方。

在這樣一個被熱鬧遺忘的村莊生活的劉亮程不是一個局外者，而是村莊的一員，感受著一年四季，生生不息。但同時，他又是一個旁觀者，一個扛著鐵鍬，在莊稼地和荒野之間「逛蕩」的人。他靜觀種種事物：樹、牲畜、野動物、人、草地，看他們自然地生、默默地死。

> 我投生到僻遠荒涼的黃沙梁，來得如此匆忙，就是為了從頭到尾看完一村人漫長一生的寂寞演出。我是唯一的旁觀者，我坐在更荒遠處。和那些偶爾路過村莊，看到幾個生活場景便激動不已，大肆抒懷的人相比，我看到的是一大段歲月。我的眼睛和那些朝路的窗戶、破牆洞、老樹窟一起，一動不動，注視著一百年後還會發生的永恒的事情：夕陽下收工的人群、敲門聲、塵土中歸來的馬匹和牛羊……無論人和事物，都很難逃脫這種注視。
>
> ——《馮四》

劉亮程自稱是一個扛著鐵鍬「閒逛」的人，但像他描寫的那條老狗那樣，他也是村莊的一部分。他聽鳥語，他拉直歪斜的胡楊，他親近蟲子、老狗、老馬和老人，體會生命的

遲暮和凋零。他對家鄉的感情不僅因為這是生他養他的地方，也因為這裏是他思索人生的單純而豐富的存在，「我一直慶幸自己沒有離開這個村莊，沒有把時間和精力白白耗費在另一片土地上；在我年青的時候、年壯的時候，曾有許多誘惑讓我險些遠走他鄉。但我留住了自己，我做的最成功的一件事，是沒讓自己從這片天空下消失。」(《住久了才算是家》)

他在最普通的生活中長久凝望，從最平凡、最粗糙、最缺少詩意的日子裏發現隱藏其後的最普遍也最容易被忽略的人生哲理：發現時間的短暫和長久，發現每一個生命的平凡和博大：「村莊就是一艘漂浮在時光中的大船」(《比早晨更早的一個時辰》)，「其實人的一生也像一株莊稼，熟透了也就死了。一代又一代人的一生熟透在時間裏，浩浩蕩蕩，無邊無際，誰是最後的收穫者呢？」「任何一株草的死亡都是人的死亡，任何一棵樹的夭折都是人的夭折。任何一粒蟲的鳴叫也是人的鳴叫。」(《人畜共居的村莊》)他通過一頭驢，一隻狼，一條狗，一朵雲，一棵樹想像一個世界，感受著帶有普遍性的生命的意義，發現詩美、表達一種哲學，這正是劉亮程的意義所在。

（四）劉家科：鄉村記憶

河北作家劉家科童年、少年時代在河北農村度過，而他生活過的那個鄉下已經漸行漸遠，以致逐漸消失了，取而代之的是與之完全不同的現代生活圖景。

　　目睹飛速發展變化著的鄉村生活，劉家科的感情是複雜的。在歷史進化的鏈條上，他無可避免地充當了傳統與現代之間的「中間物」。

　　當他還在對童年的回憶中沈醉的時候，全然不同的新的生活已經全面鋪開，堅實而無情地席捲而來，任誰也無法阻擋，但對於鄉村而言，這種越來越趨於精神簡單化、生活物質化的現實狀況幸耶？不幸？面對這種劇烈的蛻變劉家科沒有明確地臧否，但他深切感覺到這種變化的背後有許多值得深究的東西，他努力地把這正在失去的圖景留了下來。

　　鄉村中那種「街巷彎曲幽靜，房舍參差錯落，又有綠樹披拂，炊煙繚繞，靜雅中藏幾分神秘」的景象不見了，「灣裏的水油汪汪，有幾處冒著氣泡，一陣微風過來，帶著一股子難聞的氣味。」，這時，天已大亮，「聽不見有人開門，更不見家禽家畜的影子和聲音。偶而村後傳來幾聲汽車或拖拉機的響聲，像是有人出門拉貨、送貨」。「原來那個桃花源似的村莊哪裏去了？」日子好了，種地用上了機器，　除草有滅草劑，殺蟲有農藥，可是，再也找不到那種田園詩意了。一種「失落和悲哀」陡然湧上心頭。（《灣裏的村莊》）

　　曾經，鄉親們互相幫襯著蓋房，「修房蓋屋是一輩子的事情，你幫我我幫你，誰也離不開誰。」房子蓋好後，痛飲「落棚酒」，最後是「家家扶得醉人歸」。（《落棚酒》）而現在，蓋房已經是建築隊來承包，寫下合同，拉清條款，最後算帳。東家落個省心，村裏人都也省事省力。可是落棚酒便從此逐漸停下來。那種滲透在相互幫助中的鄉情，和房屋蓋好後痛飲慶功酒的歡快也永遠消失了。

甚至那種有滋有味的罵街，一旦失去，也少了許多情調：「要是把村子裏的生活比作一首古老而原始的歌謠，那麼罵街就是這首歌謠的伴奏。這種伴奏儘管有些野有些酸有些辣，但它恰像燒菜放佐料，能把生活中那種原汁原味給提出來。」罵街有種種不同，「最文明的罵街其實是一種語重心長的勸誡，一句一句掏心窩子的罵聲，能喚醒被罵者的良知」，「最野蠻的罵街是一種歇斯底里的發洩……用最髒的語言，最損的語調，最高的聲音，最長的時間，形成一種盲目的強烈的語言掃射，從而找回一種心理平衡。」「最驚險的罵街是『找對子』，目的是罵出對手來」。罵街是鄉村一景，簡直可以說是村民們的娛樂活動。但「自打村裏有了廣播喇叭，罵街的就逐漸少起來，再後來，就沒有會罵街的人了」（《罵街》）

無論是舊曆正月十五鄉親們一起放自製的煙花，還是孩子們看青、鳧水、偷瓜……生活中總是有許多有趣味的東西。而這一切，都漸漸消失了。劉家科還無法說清這種消失意味著什麼，但至少有一點是深深觸動了他的，那就是現代化帶來的簡單快捷的生活方式正在改變著一切。

如果說，二三十年代的鄉土作家所描寫的是在農村一直沿襲著而且還在繼續著的生活，他們「能將鄉間的死生、泥土的氣息，移在紙上」[12]表現了那些「老中國兒女」的精神病苦和生活悲劇，同時寫出了封建宗法觀念對人的摧殘。表現出急切的變革願望。那麼，在劉家科和近年出現的一批鄉

12　魯迅：《中國新文學大系・小說二集・序》

土作家筆下，那童年時曾經擁有的鄉村已經成為一種逝去的「記憶」，成為一幅幅在回憶中不斷被藝術提純的耐人品味的畫卷。無論是描寫農民心靈的美好淨潔，還是炊煙田壟中的無限生趣，甚至那些帶著一些悲劇色彩的不幸的命運，都因為其已漸漸遠去而變得值得珍視了。

（五）郭文斌：有一種花開在鄉村的寂靜裏

讀寧夏青年作家郭文斌的散文，對西部農村，具體地說，對那個托起他生命的村莊不能不生出一種美好的感情。那是一種心花舒展開放的生命的豐富，而這種豐富恰恰源自心的寧靜。

而對於鄉村的這種感情，我們已經遺失得太久。

城市熱鬧著、嘈雜著，層出不窮的欲望，無休止的追趕欲望的緊張和匆忙。寶馬香車，高級公寓，花花世界，富人的世界越來越炫目。寫作，也了一種抵達欲望的路徑，成了對富人世界懷抱豔羨之情的講述，在這種敘述中，富人的生活被充分關注，被複雜化、個人化、合理化。世界也因此更多了一層熱鬧的油彩。

比起熱鬧的城市，鄉村是寂靜的。比起江南沿海的富庶之鄉，貧瘠的大西北黃土高原上的村莊更是寂靜的。

那是一種什麼樣的靜呢？在很多人眼裏，那是一種單調的、貧乏的、聊無生機的死寂。貧窮成為一種圖式，生活在貧困地區的人們成為一種沒有豐富色彩，沒有個性，沒有細節，甚至沒有眉毛眼睛的籠統的概念，不被關注，不被講述。

我們在無數文字裏，畫面上看到過黃土高原，那裏的基調是黃色的，沒有色彩斑斕；那裏的生存是緩慢貧困而麻木的，沒有刺激。單調、荒涼、亙古不變。從外頭走進去的人，要麼被它的貧瘠單調嚇住，匆匆離去，要麼生出悲憫之情，給它一些居高臨下的人道主義關心，抒發一些救世情懷。無論以什麼心情關注它，往往在混沌一片的黃色中想像著那個沒有故事的地方。

沒有傾聽，沒有描述，鄉村不語，鄉下人不語，花自飄零水自流……

郭文斌是從貧瘠的西海固一個堡子裏走到城市來的。對於一顆年輕的心，無論如何，城裏的熱鬧是一種誘惑，因為生命的河流中總是聚積著許多激情和夢想，需要展開和釋放；因為欲望總是在熱鬧中，形成對人的強大吸引。多少人離開了鄉下就再也不願回頭，多少人悄悄改換行裝，徹底拋棄鄉下人的形象。

此刻，郭文斌面臨所有離開土地的年輕人都要面對的選擇。他站在山上，「山頭的一面是老家，一面是城市。」一面是人事紛擾、沸沸揚揚的浮華世界，一面是父母鄉親祖祖輩輩生活在那裏的黃土高坡。

他終於沒有熱情地投身到喧鬧的城市懷抱，而是執拗而孤單地站著，站在熱鬧之外，打量著城市的熱鬧，「城裏的路是一條心的峽谷，一條鋼絲繩……城裏不冷，卻寒。不熱，卻悶。」（《一個人在山頭》）

他始終望著他的出發地，他的老家，用已經長大的心，傾聽那片在旁人看來寂寞單調的地方。

也許正是因為擁有過往和當下，鄉村和城市兩種生活，郭文斌才可能冷靜地觀望另一種情境下的世事人情和自己，尤其是從熱鬧走向安靜時，心海才會真正蕩漾起來，才會從從容容地體會憂愁、體會悲涼、同時也體會快樂⋯⋯

生命，尤其是那些沈默著的生命，是需要靜心傾聽的。他聽出了什麼？

在他眼裏，老家是一個永遠動人的豐富而鮮活的存在。老家是原初和曾經，是花朵初開時的陽光，是魚兒快樂地穿梭的河流，是沒有灰塵，沒有噪音，沒有污染的寧靜地方，更是生命在寧靜中自在的狂熱的綻放。在那裏，生命沒有高貴和卑微，每一個存在著的人都有著自己鮮活的姿態。

老家的元宵節沒有城裏的熱鬧，但卻是「一片奪人的寧靜，活生生的寧靜，神一樣的寧靜，似乎一伸手就能從臉上抓下一把來。那寧靜，是被娘的蕎麵燈盞烘托出來的。」幾十尾燈盞，先讓月神品賞，然後被分別端到各屋，每人每屋都分得一盞，有生命的、無生命的，所有的物什連同呼出的氣上都帶有一種靈性。沒有人會問為什麼要給這些沒有生命的東西點燈，如果不這樣似乎就不應該。「而生命不正是一種『應該』嗎。」（《點燈時分》）

清明，原來是一筆債。在老家，每當清明，被父親帶了去墳院看望祖上，看到一墳院白色的紙條在風裏舞動，就覺得有種親情也在風裏飄呀飄的。可是，「佇立在城市的夜色中，我不知該怎樣收拾自己的心事。」（《清明是一筆債》）

在老家，臘月裏，沒有盆景，沒有鮮花，父親帶著孩子們剪窗花，當鮮花復活於窗格子裏時，院子裏湧滿了人，人

們被 種美驚嚇。（《臘月，懷念一種花》）

老家的中秋沒有月餅，只有西瓜，擺在如水的月色中，冰涼而又溫熱，先獻月亮，小院被紅色的西瓜染醉，於是，就有了紅色的中秋。

真正的年在故鄉，「年是一雙守望在故鄉風口的娘的淚眼；年是一尾祖母一進臘月就守候在老家河岸的老船」。（《憂傷的驛站》）

就連娘的叫魂聲，招幡的旗幟，都有了實在的詩的生動。

與其說郭文斌對鄉村的描述是一種回溯，不如說是一種發現。當我們在亂亂騰騰中丟失了靜心體會快樂的能力時，郭文斌卻在對城市喧鬧浮躁的逃離和反叛中，讓心安住下來，開啟人本有的對美的覺察力，舒展曾經有過的美麗。實際上，這是對寧靜的精神境界宗教般的嚮往。

當他靜下來，傾聽自在的山川萬物時，這些沈默著的生命也和思緒一起飛揚起來。「讓思緒空茫而富有，富有而自由，自由而曠怡」。（《丟失》）

於是，在荷花溝，心情被一塵不染的綠浸透，精神也進入一種綠意充盈的定態，被一種無欲無求的徹底的安詳所包容，所感動。（《荷花溝》）在筆架山，深入賀蘭山脈的石頭。石頭貌似傲慢，似乎表達著一種極大的自由，而又那麼富有秩序。石頭似乎並不在乎自己的位置，一派道家風骨，那麼坦然、寧靜。於是，決定做一桿搭在筆架山上的筆，這個筆桿子「是一種汗水的高度，一種孤獨的高度，一顆摩天的頭顱」。（《我是一桿什麼筆》）

當這樣的寂靜成為一種流貫的心情，再帶回城裏時，於

是，在嘈雜中也看到了寧靜。當下班之後，人去樓空時，「面對這些恍若隔世的靜物，仿佛躲進了一個走空了人的教堂，黃昏時分的蛋黃色的教堂……一種幽冥的東西接過了時間的鑰匙和公章，水一樣暖洋洋地散漫開來，製造出一副無比寧靜的睡相。」（《蛋黃色的辦公室》）

在生命存在的每一個地方，都有自己的故事，自己的歌。有著演進在時間河流中的消長聚散、悲歡離合，只要不被人為地忽略，不被簡約化、概念化，便都有詩意的內容。普通人的幸與不幸，愛與痛，希望與追求希望的艱辛，只要認真傾聽，每一個都撥動心弦。而且，在未經現代文明切割的地方，原初的質樸的美可能保留得更完整，更動人。

因此，我們有理由關注：在喧鬧的世界上，有一種花執著地開在寂靜裏。

第七章

女性生命意識的醉與醒

一、紛繁的女性世界與女性散文

新時期女性作家作為散文創作中一支重要的隊伍，其創作與同時代文學發展的總體趨勢取同一路向，成為本時期散文創作中不可忽視的一支力量。但女作家們也以獨特的方式，表現了其性別色彩和審美追求的共同性。

現當代女性散文濫觴於「五四」時期，是「五四」時代「個人的發現」、個性的解放催生的花朵。「五四」時期以至三十年代初的女性作家們用自己的筆毫無虛飾地披露其永無寧日的心靈世界，她們的散文是在艱窘的生存境遇下時代女性的生命之歌。但是，三十年代末四十年代初，在民族抗日救亡的熱潮中女性散文作者們決斷地終止了對自我生命的流連，義無反顧地走向戰地報道和建設活動的速寫、特寫。女性散文創作主體自此真誠熱烈地、毫無保留地追隨著歷次政治活動和政治鬥爭，女性自我在散文中的喪失，就成為不幸的史實。

新時期女性散文承接著「五四」時代的女性散文創作，

在「自我」的復歸與生長之中呈現其階段性的流變軌迹。80年代以來的女子美文創作出現了繼「五四」以來中國散文史上的第二次繁榮。女性散文得到長足發展，並產生一批引人注目的作家和作品。冰心、張潔、宗璞、馬瑞芳、張抗抗、葉文玲、王英琦、舒婷、葉夢、李天芳、鐵凝、斯妤、韓小蕙、馬麗華等作家以交構著歷史、社會的反思和個人、心靈的內省的作品受到讀者歡迎。

（一）作品意蘊

對「愛」與「美」的執著追求，對原初性詩化人生的刻意追尋：母愛、自然與童真的主題，對女性自身命運的深切關注。對「自我」的深層掘進、理性思考。將女性的傳統美德、自然屬性同現代意識和社會屬性辯證地交織綜合在一起，從而使她們的散文品格有了時代性超越。

這些特點體現在各類不同的作品中。

一是懷人之作。七、八十年代，傷痕文學作為新時期文學的最早作品，與之相應的散文品類是懷人之作。女性散文也加入到了這時代的大合唱中。這種作品主要是傷悼。悼念飽受極左政治的嘲弄、冤屈、摧殘而去世的人們（韋君宜《當代人的悲劇》；或追憶在人生與事業的跋涉中過於艱難而英年早逝的知識份子（宗璞《哭小弟》）；或披露五、六十年代農村真相及知識份子被改造中的種種遭際（菡子《鄉村小曲》）。更遠地追念自己早年的生活、情感經歷，彌補了這之前四十年女性散文中生命的荒漠。（丁寧《心中的畫》，

張潔《揀麥穗》）

　　二是自然山水風物散文。女性的感覺是纖細的，同樣的世界，在女性易感的眼裏，往往可呈現出更豐富、更絢麗的色彩。對於自然景物山水的關注，始終是女性散文創作最重要的特點之一。她們寫山（葉夢《羞女山》、梅潔《那一脈藍色的山梁》、菡子《黃山小記》），寫水（葉文玲《烏篷搖夢到春江》、鐵凝《洗桃花水的時節》），寫花寫草（菡子《水仙》、宗璞《紫藤蘿瀑布》、李天芳《打碗碗花》），這些作品或表現生活的情趣，或寫出作者對生活中美的事物的發現和感受，閃爍著不同的風致。但不能否認，在一些女作家的寫自然風光景物的作品中，有一部分視野狹窄，文化意蘊不強，格局往往不大，創作的開闊度有待於進一步拓展。

　　想像力的解放和思維方式的解放，使女性散文脫出了狹隘單一的政治性生發而拓展到對宇宙洪荒、人世滄桑的歷史文化性思索，在一些寫自然景觀的作品中，女作家不再把她們的筆停在對美的讚歎上，而是有了更深層的探究。王英琦的《大唐的太陽，你沈沒了嗎？》，馬麗華的《渴望苦難》，張抗抗的《埃菲爾鐵塔沈思》等作品都表現了這樣的情思。

　　三是表現自我意識覺醒的作品。在新時期，女性散文最大的特點在於人性的覺醒和個性意識的復歸。較之男性作家，她們自我關照，表現自我的願望更加強烈，甚至這種願望成為許多女作家創作的動力和內在衝動。

　　在新的時代條件下，中國女性終於得以受之天然地生長，而不必以鐵姑娘作為自己的形象楷模；順著心靈的導引

寫自己的悲歡離合而不必把寫「家務事、兒女情」視為畏途。在新時期，女性散文匯入了恢復「五四」文學，大寫人性人情的時代文學大潮。性愛、母愛等情感受到女性作家的廣泛關注和細緻地表現。在生兒育女、為人妻、為人母的切身體驗中，她們感到幸福、滿足與陶醉，甚至將其視為人生最重要的收穫。當然，由於過多沈溺於個人的小世界裏，也使一些女性散文的視野受到限制，缺乏向更深層面的精神世界開掘和向更廣闊的大千世界拓展的能力。

另有一些作家把視點放在對情愛的關注上。在新時期初特定的社會語境中，一個以西方為潛在參照系的文化變革中，首先提出的問題仍然是五四時期歷史任務的補課：即進一步對大眾進行反封建主義的啟蒙，這無疑是一個只能由精英知識份子來承擔的神聖的使命。在這一社會演進的激流中，許多作家無可逃避地選擇了「愛的話語」。儘管，七、八十年代之交，社會文化語境中多元話語形成，文化關注有了多種指向，但無疑，「愛」的禁區的被打破是一個重要的文化突進。小說中《愛情的位置》、《公開的情書》等作品起到了宣言的作用，而真正張揚「愛」的主題，並把它做到充分的還是同一時期湧現的女作家群。在這方面，張潔的創作有很典型的意義。

（二）追求一個「真」字。

女作家的創作大都追求一個「真」字，把散文作為一個「心靈密友」，一個「真誠」而「自由」的世界，傾訴衷腸，努力

縮短和讀者的心靈距離。她們藝術感覺靈妙、細膩，重干觀感受，重心態的自然流動。正如冰心在她的特寫集《關於女人》的《後記》中，以「男士」的筆名寫出的女人的品性，「她只是和我們一樣的、有感情有理智的動物。不過她感覺得更敏銳，反應得更迅速，表現得也更活躍。因此，她比男人多些顏色，也多些聲音。在各種性格上，她也容易走向極端。她比我們更溫柔，也更勇敢；更活潑，也更深沈；更細膩，也更尖刻……世界上若沒有女人，這世界至少要失去十分之五的『真』、十分之六的『善』、十分之七的『美』。」這真善美，是所有作家所追求的藝術境界，而在女作家這裏，有著獨特的表現。冰心對女性的概括把握了其特點。當然，女性的特點只是相對於男性而言，在女作家群體中，不同的年代、環境、個人經歷、個性氣質、文化結構、精神品味等諸多因素又形成了每一位女作家不同的藝術個性，而正是這些充滿個性色彩的作品的共同呈現，才顯示了當代女性散文的豐富多彩。

二、女性生命意識的醉與醒

（一）宗璞：「鐵簫人語」

宗璞，北京人，小說家、散文家。著有短篇小說集《紅豆》，中篇小說《三生石》，長篇小說《南渡記》，散文集《丁香結》、《鐵簫人語》等。

宗璞是著名哲學家馮友蘭之女，其姑母馮沅君是「五四」

時期與冰心、廬隱、凌叔華等齊名的著名女作家，以《卷施》、《春痕》等短篇小說集引起文壇的關注。宗璞自幼生活於書香之家，在高等學府和高等學術研究機構中受到學術熏陶，奠定了一生的審美趣味和做文準則。

宗璞一直生活在大學校園裏，在相對單純的環境中受到良好的教育，加之自幼在母親督促下背誦了不少唐詩，受到中國傳統文化的滋養，後又在清華大學外國語文學系讀書，吸收了西方文化之精粹，學養豐厚、意韻獨特，有濃郁的書卷氣和大家風度。1951 年大學畢業後，曾在《文藝報》等單位，1960 年調《世界文學》編輯部工作，後到中國社會科學院外國文學研究所從事英國文學的專門研究。

宗璞 50 年代即以小說《紅豆》蜚聲文壇，新時期以來，創作了《我是誰》、《三生石》、《蝸居》等有力度、耐人尋味的中短篇小說。

宗璞六、七十年代的散文主要接受中國傳統抒情小品的影響，表現出濃郁的抒情意味與詩化傾向。七十年代末創作的《紫藤蘿瀑布》，雖然經過時光的打磨，已經有了幾分沈重，但詩的語言，詩的節奏，仍然給它鍍上一層油彩。「花和人都會遇到各種各樣的不幸。但是生命的長河是無止境的。我撫摸了一下那小小的紫色的花艙，那裏滿裝生命的酒釀，它張滿了帆，在這閃光的花的河流上航行。它是萬花中的一朵，也正是由每一個一朵，組成了萬花燦爛的流動的瀑布。」

八十年代中期以來，宗璞的創作風格有了較明顯的變化。語言趨於平實質樸，更加追求內在意蘊，向深度開掘。《哭小弟》是為她的弟弟，剛剛五十歲便被癌症奪去生命的

航空技術專家馮鍾越寫的一篇悼文。作品不僅是因手足之情
哭小弟，也是為一代英年早逝的知識份子唱出的悲歌。「我
哭小弟，哭他在劇痛中還拿著那本航空資料『想再看看』，
哭他的『胃下垂』、『腎遊走』（這是對他的一次次誤診，以
致遺誤了治療的時機。——引者注）；我也哭蔣築英抱病奔波，
客殞成都；我也哭羅健夫不肯一個人坐一輛汽車！我還要哭
那些沒有見諸報章的過早離去的我的同輩人。他們幾經雪欺
霜凍，好不容易奮鬥著張開幾片花瓣，尚未盛開，就驟然凋
謝。我哭我們這遲開而早謝的一代人！」作品在強烈的感情
之中包蘊著更多的理性內容，給人留下很大的思考空間。

　　對知識份子命運的關注，是宗璞散文的重要特色。隨父
親馮友蘭在北京大學燕園生活了三十多年，使她有機會接觸
到一批國內知名學者。寫了「燕園系列」散文。《我愛燕園》、
《燕園石尋》、《燕園樹尋》、《燕園碑尋》、《燕園墓尋》、
《燕園橋尋》等，尤其是《霞落燕園》，寫了一些著名學者
的去世。那參加完批判胡適的大會便中風而死的湯用彤先
生，那與夫人同時自盡的翦伯贊先生，還有著名的哲學家、
語言學家、歷史學家、化學家、女植物學家……，他們在這
裏走完了生命的最後途程，也給後人留下了許多值得思索的
內容。

　　宗璞八十年代以來的散文在敘述方式上更加趨於自由
簡樸，筆調從容，而內蘊更加豐厚。老作家孫犁在為宗璞寫
的一篇序中談到小說《魯魯》時曾說：「這隻小動物，是非
常可愛的。作家已屆中年，經歷了人世滄桑、世態炎涼之後，
於摩肩擦踵的茫茫人海之中，寄情於童年時期的這個小夥

伴，使我讀後，不禁唏噓。我以為，宗璞寫動物，是用魯迅筆意。純用白描，一字不苟，情景交融，著意在感情的刻畫抒發。」[1]這些話，同樣可以用來評價宗璞的散文。

（二）張潔：從《揀麥穗》到《無字我心》

張潔，北京人，1960 年畢業於中國人民大學。現任北京市作家協會副主席。出版有長篇小說《沈重的翅膀》，小說散文集《愛，是不能忘記的》，散文集《在那綠草地上》、《一個中國女人在歐洲》等。

張潔是以小說著稱於文壇的。她的《從森林裏來的孩子》、《愛，是不能忘記的》等作品是新時期小說最早的收穫，張潔本人也因此而引起了廣泛的注意。

張潔早期散文創作中，往往直接追求呼喚愛與美。她以童年生活為主的「大雁系列」中，憨癡的女孩「大雁」追逐著美好的人與事。其中，《挖薺菜》、《揀麥穗》、《盯梢》等作品以微帶感傷的情調回憶童年。《揀麥穗》中，寫農村少女在揀麥穗時，生出的對未來生活的種種幻想，「她拼命地揀呐，揀呐，一個收麥子的季節，能揀上一斗？她把這麥子換來的錢積攢起來，等到趕集的時候，扯上花布，買上花線，然後她剪呀，縫呀，繡呀……也不見她穿，也不見她戴。誰也沒和誰合計過，誰也沒找誰商量過，可是等到出嫁的那一天，她們全會把這些東西，裝進新嫁娘的包裹裏去。」這是女兒家藏在心底的一個個美麗的夢。但作者對這種心夢的描寫帶

---

[1]　孫犁：《宗璞小說散文選·代序》。

著些許悲涼和苦澀的沈重，因為這美麗夢想的淡淡的破滅，和善良的人們不幸的命運。當姑娘們「把揀麥穗時所伴的幻想，一同包進包裹裏去的時候，她們會突然感到那些幻想全都變了味兒，覺得多少年來她們揀呀、縫呀、繡呀實在是多麼傻啊！她們要嫁的那個男人，和她們在揀麥穗、扯花布、繡花鞋的時候所幻想的那個男人，有著多麼大的不同啊！」可是，「誰也不會為她們歎一口氣，表示同情。誰也不會關心她們還曾經有過幻想。連她們自己也甚至不會感到過分的悲傷。頂多不過像是丟失了一個美麗的夢。」作者以一種複雜的心情做這種詩意的回顧，而作品中的那個「我」貪吃、貪玩，為了吃糖而要嫁給那個賣灶糖的老漢，這樣一個天真、快樂的小姑娘為作品增添了幾分輕鬆，而賣糖老漢無家可歸、飄流以至老去的命運又使人感到沈重。作者聚集了人生的多種況味，使童年生活的回憶有了更耐人咀嚼的意味。

張潔的「綠草地系列」多寫在國外的見聞，但超出了大量存在的、走馬觀花地介紹國外山水人事、文化現象或空洞讚頌國際友誼、世界和平的同類文字，將國外紀行寫成了心靈之間的呼喚與對話。她認為人與人之間滿溢著愛，人世間充滿好事物才是生命與世界最應具有的形式。

張潔的小說有濃厚的自敘傳色彩，她的散文更多的是直面自己的人生狀態。她柔順而多情如水，她又抗爭而亢奮激烈。她沈浸於愛的回憶，為未來的、活著的生命留住了可能一去不復返的詩意。但也寫出情感的失意與孤寂落寞。

看張潔的一系列作品，尤其是她後期的作品，從中可見關於女人的敘事：一個女性的追問自我的過程，一個女性的

話語由想像朝向真實的墜落，一個由真實的憤世嫉俗再升騰到超然寡淡的走向宿命和宗教。長篇散文《世界上最疼我的那個人去了》[2]是張潔一次精神打擊的宣告。張潔在這篇自傳性的紀實作品裏用生命之筆嚴格縝密地過濾全部的痛失，表面看是在忠實地記錄一場劫難的前前後後，實際上是對母親全部愛的感情的再體味，是大愛大恨大悲大痛的終結。走過了這個人生情感極致的人限，之後，就是絢爛之極歸於平淡，她進而走向一個平實而深沈的人生反省階段。

在《世界上最疼我的那個人去了》發表前後，張潔寫了不少散文隨筆，這些作品大多已與現實人生拉開了一段距離，而沈浸在回憶裏。《母親的廚房》、《百味》、《太陽的啟示》、《這時候你才長大》等。無論往事是幸福是辛酸，張潔都用平實的文字把她的過去推到你面前，宣告了她的超然。最終，她把這種超然推至一個宗教境界，「已經有不短的時間，再沒有什麼可以傷害我，也沒有最大的痛苦、或最大的幸福，一切不是我從娘胎裏帶來，而是在落地之後才生長出來的東西都漸漸的遠離。不再煩惱我，不再憂傷我，不再在乎我，不再計較我，不再激動我……母親去世後，我對人生有了新的『覺悟』。『覺悟』其實是佛家的禪語，對於我，現在才回歸到它真正的意義上來。」[3]

這些話是張潔情感境界走向超然的表述。不再有愛極恨極的感情，不再有大悲大喜，不再有焦躁和狂舞，心態走向

---

[2]　《十月》1993 年 6 期。
[3]　張潔：《無字我心》《文藝爭鳴》1994 年 4 期。

沖淡，走向平靜，走向不再說恨也不再說愛，對人生表露了一種深沈的淡漠。

　　然而，無論張潔是以一腔激情寫「痛苦的理想主義者」，還是創痛之後，對現實人生的灰色、瑣屑、狹窄、市井噪音做出的反應，還是大悲大喜之後歸於平淡的心境，都是植根於一個「愛」。

　　當然，由於張潔以一顆敏感的心體驗了太多的感情的缺失和痛苦，很難像她自己所希望的那樣，完全走向沖淡平靜的宗教境界。在後來的作品中，我們仍能看到她生命激情有時以很激烈的方式延續。

（三）蕭鳳：走向心靈世界，追尋美好人生

　　蕭鳳，北京人，學者、傳記文學家、散文家。著有文學家傳記《蕭紅傳》、《廬隱傳》、《冰心傳》，散文集《韓國之旅》等。

　　蕭鳳最早是以傳記文學與讀者見面的。八十年代初，她的《蕭紅傳》（1980 年，百花文藝出版社），《廬隱傳》（1982 年，北京師範大學出版社）出版，打動了許多讀者。兩位女作家那超人的文學才華，跳盪在她們的作品中，儘管時間給她們的作品蒙上了塵埃，儘管英年早逝的不幸命運使她們無法在已經享有盛名的文學道路上走得更遠。但「才華這種東西，仿佛就是永不熄滅的火種，一旦和暖的春風吹來，它就會仍然閃爍出動人的光彩，恰似天空中永遠不落的星

辰。」[4]經蕭鳳以「流利的行文，細緻的筆觸」[5]將兩位女作家坎坷的人生、帶有傳奇色彩的愛情和她們的創作才華展開，帶著讀者走進她們的世界，便不能不在人們心中引起波瀾。許多讀者由此開始隨傳記的作者一同走進人物的世界，更深入地探究在這些不平凡的女性身後掩藏著的更多歷史內容。之後，蕭鳳又陸續出版了《冰心傳》（1987 年，北京十月文藝出版社）、《蕭紅與蕭軍》（1995 年，中國青年出版社）、《盧隱與李唯建》（1995 年，中國青年出版社）等傳記，成為一位頗具特色的傳記文學家。

　　蕭鳳的女作家傳記之所以有眾多讀者，首先在於她在寫作中融進了自己對人的深刻認識。她說：「人，是一個多麼值得研究的課題。幾乎每一個人都有自己不同的愛好、稟賦、氣質、情操和性格。有的人戰勝了生活，戰勝了自己，替自己插上了翅膀，在美好的境界裏翱翔；有的人卻無法做到這一點，他為生活的陰影所腐蝕，為自己內心的陰影所腐蝕。為什麼會這樣呢？怎樣才能夠使自己清除掉腐蝕，使自己昇華起來呢？對於這樣的問題，也許不會有人不關心的吧。」[6]關心人、關心人的心靈世界的健康發展，創造美好的人生境界，這是蕭鳳寫作的目的，更是她的人生追求。

　　蕭鳳以一顆易感的心靈，為她筆下這幾位女作家傾注一腔真情。除了作為一個學者對於研究對象的理性思考，還有更深的一層原因，這就是作者本人的坎坷人生使她對這些才

---

[4]　蕭鳳：《盧隱傳・前言》。
[5]　沙汀：《盧隱傳・題記》。
[6]　蕭鳳：《冰心傳・代序》。

女有著內在的情感溝通和心靈共鳴。在她的長篇自傳《父母雙全的孤兒》[7]中，詳細描述了自己的身世：從懂事起，就不曾見到生母，11 歲時，最親的親人祖母又突然病逝，從此，飽償「無所依傍的孤苦與茫然」，[8]在痛苦中發奮讀書，在孤寂中與文學結緣，從此，生存方式與生存意義統一在對文學的執著追求上，進一步講，是統一在以文學為出發點，去尋找人生真善美的途程上。因此，她的傳記文學作品就更多的融入了自己的聲音，不僅使這些女作家在讀者心中活起來，也使傳記作者的愛憎情感得到徹底痛快的渲泄。

　　與傳記文學相一致，蕭鳳散文的魅力同樣來自這種對真善美的執著追尋。對大自然賜予的美景她以赤子之心發出由衷讚歎，如《鹿回頭夕照》中，對黃昏時刻大海與夕陽的描寫：

> 那是一片異常明媚的蔚藍色，而在這片蔚藍色的色彩上面，還閃著兩條尤其耀眼的金黃色的帶子。……沒有黑浪，沒有濤聲。只有一片極為明亮、極為柔媚的彩色，在我的前面閃爍。……只有一層又一層雪白色的海浪，薄薄地、慢慢地、輕輕地朝著我遊來，……我久久地佇立在海水之中；激動得說不出話來，也動彈不得。周圍靜極了。除了薄薄的海浪時而發出的絮語之外，什麼干擾都沒有。

在對大海的出色描寫中，分明可以感受到人與自然的合鳴。

---

[7]　香港《文匯報》1993 年 2 月 27 日至 5 月 12 日連載。
[8]　蕭鳳：《緣份》。

　　對親子之愛蕭鳳寫得最是動人。在《思念》中,她回顧「文革」中,自己到河南農村勞動改造,與兒子離別時的苦苦思念及見面後面臨又一次離別的悲涼心境,是寫親子之情的佳作。

　　在韓國講學一年半歸來之後,有感於韓國人民的友誼,蕭鳳出版了散文集《韓國之旅》,作為在中韓建交後,最早一批到韓國講學的中國大陸學者,她講述了中國人瞭解甚少的韓國的故事,較之在此之前的散文,這些作品儘管在描寫韓國秀麗山川時,有時還禁不住用色澤豔麗的彩筆,但總體上看,文字風格已經發生了很大變化,逐漸趨於平實。在具體、實在的描述中,更多體現了文化蘊含。

(四)馬瑞芳:獨特的人生位置和切入生活的角度。

　　馬瑞芳,山東益都人,學者、散文家。著有學術論著《蒲松齡評傳》、《〈聊齋志異〉創作論》,散文集《名士風采錄》、《學海見聞錄》等。

　　在散文題材的開拓上,馬瑞芳做了有意的嘗試。和許多作家相比,她有自己獨特的人生位置和切入生活的角度。大學教授、學者、回族、女性,這些角色都對她獨特視界的形成,獨特的生活層面的開掘產生了重要影響。

　　在大學從事教學和科研,她有機會切入一些學者的生活,於是,她寫了一組「教授肖像」,馮沅君、成仿吾、高蘭、黃家駟、童書業等學者通過她的筆走進讀者的視野。

　　如寫馮沅君:

　　一個在三十年代初就留學法國並獲文學博士稱號的
　　學者，在七十年代不知尼龍襪子為何物！古典文學學
　　識異乎尋常的淵博，日常生活知識令人驚詫的貧乏，
　　這二者在馮沅君身上水乳交融。人們始聞而覺可笑，
　　繼思為之歎息，回想深感可敬！那是專心致志登攀的
　　成功秘訣！

——《女學究軼聞》

從一件小事映照出一代知識份子的精神世界。
　　再如記敘山東大學老校長成仿吾在「文革」中挨批鬥的
情景：

　　一次「批判修正主義教育路線」會上，耿直倔強的校
　　長和衝鋒陷陣的小將發生了搏鬥：小將把「反革命修
　　正主義分子」標語貼在成老胸前，被他一把扯掉；按
　　他「低頭認罪」，他昂首挺胸。小將怒髮衝冠，讀詩
　　詞以壯聲威：
　　「獨有英雄驅虎豹，更無豪傑怕熊能！」
　　被扭作「噴氣式」的成老，奮力抬頭，高聲斷喝：「那
　　個字不念能，那個字念羆！」
　　掌聲四起。「老保」、旁觀師生潸然淚下。
　　老校長遭拳打腳踢。他的聲音仍雷鳴般震響，憤怒抗
　　議之中，帶著一縷深切悲哀：「那個字念——pi！」
　　這是精神的閃光。

——《名士風采錄》

　　老校長在深受屈辱、心身備受摧殘的情況下，卻不能容忍學生讀錯別字。這樣一個很小的細節，卻展現了人性中動人的一幕。

　　馬瑞芳又據自己在教學中的見聞，寫了一組「留學生教學劄記」，開拓了新的創作天地，而她的《祖父》、《煎餅花兒》則在寫出人間親情的同時，表現了回族的當代風貌。

　　馬瑞芳說「人生，更是一本讀不完的書。……應當盡力探求人生的豐富性，微妙性，用更多的藝術手段寫出人的多樣性、多面性。」（馬瑞芳《人生是部讀不完的書》）她確實是在探求，在發現，在用自己的作品為現代散文畫廊增添新的一頁。在語言上，她追求那種通脫、練達、雋永的風格，欣賞明代公安派代表人物袁宏道的文學主張「獨抒性靈，不拘格套，非從自己胸臆中流出不肯下筆」。她有時用筆深沈，談古論今，揮灑開去，熔知識、趣味、哲理於一爐，發人深思，有時，活潑清新，書面語與方言、口語有機結合，生動、傳神。

三、豐富的生命姿態

　　女作家的生命姿態是豐富的，她們的創作也是色彩紛呈的。1980 年代以來，許多女作家在散文中充分展開自我，顯現一個豐滿而具有人性深度的世界。

（一）梅潔：美麗而憂傷的傾訴

梅潔，湖北人。作為散文家，梅潔是幸運的。幸運在於她不是用青春的灼熱去擁抱散文。她的寫作開始於沈靜的中年。而她生命中最坎坷、最憂鬱、最感傷、同時也最豐富的經歷是在童年，在她初諳人生的時候。還來不及思索，來不及防備，命運種種不幸強加於她和她的家人。父母的摯愛、夥伴的真誠和種種不公的對待交織在一起，構成了無法自主的命運。她用一顆極其敏感因而也極易受傷的心默默地承受著，細細地體味著。但卻說不出來。因為，生活沒有給她這樣的契機，這就決定了她不是一邊生活一邊描寫正在經歷的生活。

當經歷了許許多多之後，當做了許多年與文學毫無關係的事情之後，當心中的文學才華沈睡了許多年之後，生活給了她機遇，她突然而又必然地被文學擊中了。用一顆仍然年輕但已有些滄桑的心去咀嚼曾經發生過的各種故事：悲哀的、痛苦的、快樂的、摯愛的……命運給予她的一切就這樣被重新喚醒了。

在這些被喚醒的故事裏，已經深深地融入了她的體味、思索和「重構生命新層位」的自覺。所以她出手不凡，用獨特的生活和感傷的筆調給文壇增添了新綠。

儘管散文的疆域是無限的，大千世界，什麼都可以走到作家筆下。可是，有一些題材卻不是可以濫用的。比如以個人經歷為題材的作品，就不可以隨便寫來。人生經歷的一次性決定了我們個人生活的有限性，再精彩、再美麗、再憂鬱、

再苦痛的生活也是不能重複的。不能重複的故事便不能被重複地訴說，所以，在什麼時候，什麼境況下開始做這件事就顯得十分地重要。

從這個意義上說，梅潔是幸運的。她筆下的人物就是身邊的人，是自己的親人、朋友，是最最不能而且永遠不能忘卻的，但同時，他們又在作家的情感控制中，在她的思索和成熟的把握中，惟其如此，他們才和那些成熟而美麗的文字一起，顯露出一種「大氣」。

和那些「小女人」或精精巧巧、或悲悲切切、或纏纏綿綿，或哀哀怨怨的訴說不同，梅潔一開始就顯出了她的「大氣」。她也寫童年，也寫家事，也寫眼淚，也寫哀傷，也寫丈夫，也寫孩子，但她筆下的人和事伴著她獨特但又能撞擊到心靈深處的情感和思索，與讀者碰撞。她用這種帶著悲劇色彩的情感，把個體生命的體驗與人類生存狀態中原本具有的痛苦與悲哀連接起來，正像她所苦苦追求的，讓作品「更本質更深刻地負載起人類豐富博大的心靈情感和精神思想」，這樣，作品就從狹小的個人天地走向了更高遠的地方。梅潔的作品《我的故鄉有條河》、《那一脈藍色山梁》、《童年舊事》、《一個人的告別》、《關於父親》、《關於母親》、《福哥兒》等作品將生活的磨難和生命頑強的抗爭以及永不停息的追求美的願望坦露出來，淒婉、幽傷中有一種內在的堅毅和美麗，她寫父親去世帶來的感受：

　　但我們的父親最終沒能從他生命的此岸泅渡到他生

活的彼岸便猝然倒下了。此後,在故鄉的江邊,我目
睹了一種人類的苦難,目睹了生命的驚懼和毀滅,目
睹了命運的猝然不幸,目睹了生死離別、家破人散。
我用一顆孩童的心體驗著破碎、孤獨、死亡和滅頂之
災……

——《關於父親》

　　梅潔用她的創作贏得了讀者,她因此成為一個職業作
家。但人生常常處於悖論中:當內心的鬱積情不自禁地要噴
發出來的時候,梅潔並沒有想到要成為作家,她是因為有心
事要訴說,有感情要抒發而成為專事寫作的人,但當她以寫
作為工作的時候,生命中那些最不能忘懷的,時時撞擊她,
催促她拿起筆來的東西都已經以它們自己的形式存在了。前
面的路怎麼走?她一定又陷入一種新的焦慮和困惑。這種困
惑是梅潔的,也是許多專業作家共同的。

　　梅潔沒有停下來,她開始了新的探索,把筆觸延伸到更
廣闊的社會生活中。她背起行囊,風餐露宿,到西部戈壁高
原,和一個個女童面談,找相關的人瞭解情況,對鄉村女童
的教育狀況進行調查,希望仍舊用美麗的文字去進行「寧靜
的傾訴與冷峻的思考」,把女童教育的情況告訴世人,用愛
心幫助她們。面對這樣有更多社會意義的大題材,對於梅潔
這樣一個以情感表述見長、形象思維見長的女作家,無疑是
一個非常嚴峻的挑戰。但她走出來了,在新的題材裏,在對
人類文明的執著呼喚中,重構起自己「生命的新的層位」。
她的報告文學《西部的傾訴》獲得好評。

（二）舒婷：以詩心寫散文

舒婷，福建廈門人。詩人、散文家。先後做過下鄉知識青年、水泥工、檔車工、爐前工。插隊時開始寫詩，在知識青年中傳抄。1979 年發表愛情詩《致橡樹》，受到廣泛好評。著有詩集《雙桅船》、《會唱歌的鳶尾花》等。她曾兩次獲得詩歌創作獎。成為八十年代初朦朧詩派的代表作家之一。

舒婷的散文也寫得很美，她是以詩心來寫散文的。她的散文與詩歌相通的一點是追求審美意象，通過意象的構成表達自己的審美理想。在作品中，她把自己經歷的社會生活內化為心理體驗，又將這種體驗外化為一個具有外部形態，具有指向性和表徵性的藝術形象。這個形象或者是一枝潔白的野百合花，或者是一個空信箱，或者是一隻蝙蝠，一頭兀鷹，甚至一個笑靨，一個和水杉交換的眼神，……而在其中，包容了作者理解生活的深度和情感傾向的複合性心理構成，它不僅反映著其外部形態，而且包容著心理投射，從一定意義上說，它更是一種體驗，是作者情感世界與外部交流的一個通道。這種意象標誌著作者的心靈進入一個非現實的自由狀態，使心理超越生活的實際內容，進而超越時空束縛，獲得更廣闊的理解的可能性。

如《潔白的祝福》，寫十六歲的「我」和十八歲的姐姐插隊時相互依戀、相互慰藉的純真感情。經過詩意的渲染，最後，將這種感情落筆在雪白的野百合花上。姐姐在鄰村插隊，收工後，給「我」送花來了。

雙手捧著一朵雲，你窈窕頎長的身姿在竹影、水光中

> 移動，飄近。哦，你就是我那一度背過臉去而又無限
> 渴望親近的繆斯女神嗎？
> 一枝野百合！
> ……
> ……我躲開你，踮著滑溜溜蒙著青苔的卵石下到溪
> 底。回頭我看見你微笑地佇立在高高的岸上，柔髮絲
> 絲縷縷都是淡淡的夕暉，一身芬芳。
> 姐姐，你不就是一枝纖塵不染的百合花嗎？

「姐姐」和潔白的野百合花疊映成美麗的意象，最終構成對「一切追求真與善的眼睛」的「潔白的祝福」。

意象的運用使舒婷的作品具有了耐人尋味的魅力，也增加了作品的美感，它既呈現、強化了作者的審美體驗，同時又把這種感受輸送給了讀者，使之走進作者的體驗中，領略其中的美的風光，通過藝術形式將自己的生命體驗昇華為審美意象，即將生命體驗轉化為可自我觀照的審美體驗。正是在這裏，舒婷的散文獲得了成功。而詩性語言的運用，濃郁的抒情筆調所創造的柔美的藝術氣氛，更增添了作品的韻味。

（三）唐敏：生活的有意提純

唐敏，福建福州人。發表過小說、散文、報告文學多篇。

優秀的散文作家往往是有著豐富的人生閱歷，有對現實人生的深邃洞察，有將人生的酸甜苦辣含化咀嚼後的深層體驗的人，從這個意義上講，散文是中老年人的藝術是有道

理的。

　　然而，澄明、清麗、童稚單純又何嘗不是一種人生體驗，或者說，是在體悟生活之後的一種人生嚮往。唐敏喜歡把大自然的景物和動物當作自己的觀察對象，她的成名作的總標題即是《心中的大自然》，描寫的對象有天上的老鷹、山中的老虎、家中的鴨子和豬、山路上的彩虹、天上的雲海等。面對客觀對象世界，她保持著童真和單純敏銳的審美感受力，她往往能把對生活的細緻觀察與女孩子的感受結合起來，使對象的外部特徵與自人情感的自由變異混然一體。描寫對象在她那裏被提練得簡單而富有詩意，而主觀情感也由於和客觀對象的猝然遇合而找到了外化的形式。唐敏說，「文學修養的一個重要部分是作者對創造能力的自我保護」。[9]

　　在《懷念黃昏》中，她憶起在山區的一段生活：

　　　　黃昏愈深，如笳聲一樣的回鳴愈紗。同伴們坐在大門口，一動不動地休息。霞光暗成濃濃的暮色。牛蹄聲在土路上踢躂地拖響，牧童和牛群已經不能看見。還有農民在自留地裏澆水，聽得到清涼的水聲、木勺子觸到水桶底部了。山谷對面的小村裏，有人在打鐵，爐火透過竹林吹動著。聽不到叮噹的錘聲。遠處有人在拉二胡，悠閒自在。我們呼吸到彼此身上陽光的香氣。天邊只有最後一絲晚霞了。那時候，我們想不到幾年後會分離，會走得一個也不剩。

　　　　可是不管到什麼地方，我都感謝母親一樣的大自然，

9　唐敏：《簡單——我的生平》。

創造了黃昏讓她的兒女得到恬靜的休息，每天，每
天，從生命的第一刻直到永遠。

唐敏的追求正在這裏，她喜歡單純率真，甚至有意提純
生活，使之簡單化，然後再把客觀世界心靈化、意象化，以
充分張揚自己的藝術感受力，把讀者引入情感世界。

無論是在鬧市的忙亂中和還是在生活的紛擾中，唐敏都
努力和瑣細的人生拉開一段距離，給自己保留一塊可以靜心
思考、超越世俗生活平庸的心靈天地，而進入審美心理的自
由狀態，追尋詩意的純化和濃郁，保持藝術創造的張力。如
果說，許多散文家努力追求談心聊天式的風格而使作品更接
近現實人生，那麼，唐敏則是在求美求純中保持了一片自己
的藝術天地。

（四）王英琦：漫漫旅途上的獨行客

王英琦，安徽壽縣人。著有散文集《熱土》、《漫漫旅
途上的獨行客》、《情到深處》、《我遺失了什麼》、《漫
漫孤獨路》等。

王英琦自 1972 年叩響文學的大門，二十多年，矢志不
渝地在散文這塊相對寂寞的園地裏耕耘，個中的艱辛與痛
苦、充實與快樂，她都用心體會過了。

對生活的非正常狀態敏銳的感受和個人身世的獨特性
促發了王英琦比一般女作家深入的思索。她比一般人更敏感
地咀嚼著孤獨和寂寞。在冷寂的世界裏，她深悟到情感的缺

失帶來的生存的艱巨性，以及比生存的艱辛更難承受的精神
重壓，與其說這種壓力來自外界，不如說它更來自一個精神
上充滿欲求的不寧的心，來自她那突出的個性。寂寞和孤獨
折磨著她，也成全了她。她抱著兒子，到遠離市區的一個小
村子裏去感受「鄉居生活」的人間情調。她在普通人中尋求
愛、關心、理解，同時，「在柴米油鹽、鍋碗瓢盆、大地陽
光之中感受著實際的人生。」寫了《遠郊不寂寞》等作品。

　　她還「要求自己的筆一定要觸及自我，把『我』放進去
寫」，[10]她傾訴自己的艱難處境，直言一個特立獨行的女性
的孤獨、憂鬱和寂寞，她把熱淚直接灑在紙上。

　　為了使這顆孤寂的心得到慰籍，她選擇了自己的路。作
為一個婉弱的南方女子，她從出身的地域中走出來，獨行於
北國。她自稱是一個孤身隻影的漂泊者，把探尋的腳步留在
大西北。沙漠、荒原以及蘊含其中的古老而傳奇的故事深深
吸引了她，面對這些象徵著客觀世界的未開發性和民族久遠
的創造偉力的東西，她驕傲而陶醉，這不僅因為從中摸到了
民族的血脈，使自己走向更大的時空，更因為她在自然中，
在更廣大的世界中，找到了心靈的回應，從而也欣賞地看到
了自身的力度、強度。可以增添人生的自信。她說：「這些
地方，很合我的胃口，很對我的心情」。在那裏，「我會感
到一種充實，一種自我存在，我不再會有那孤獨感和寂寞
感，做漫漫旅途上的獨行客，原來也別有一番樂趣」。[11]孤
獨寂寞體驗的產生依賴於渴望理解和溝通的強烈與這個渴

10　王英琦：《路從這裏開始》。
11　王英琦：《漫漫旅途上的獨行客》。

望不能實現的矛盾，這是　種心理的失衡，但同時也是一種創作衝動的原動力。心理學上的這個悖論在王英琦這裏再次得到映證。

　　王英琦關注西域文化，不僅僅是因為那荒涼偏僻與作者當時的心境相吻合，更因為，在那裏，她走進了文化，走進了歷史。《大唐的太陽，你沈沒了嗎？》、《永樂宮巡禮》、《塔克拉瑪干之謎》、《寫在空白的壁畫上》等作品都表現了作者的文化歷史幽思和對於文明失落的憂慮。她甚至情不自禁地呼喊：「我們古老的五千年文明古國，我們燦爛的大漢、大唐的太陽！——難道你真的沈淪了嗎？」這種文化思考儘管還沒有進入更深的理性層面，但就其所表現的氣勢和心靈的寬度在女作家中確實是不同凡響的。

第八章

散文：一個未完成的話題

　　散文這一文體自身的龐雜寬泛給散文理論研究帶來很大困難，無論是古典文論還是五四以來的現代文論，都未能像詩歌、小說、戲劇等其他文學樣式那樣，有成熟的理論框架。五六十年代，在思想格式化、創作單一化的狀態下，散文研究更是停滯在作家作品賞析評論上，即使有幾個觀點，如「形散神不散」，追求「詩的意境」等也是把一種具體的個人見解普泛化，最終成為阻礙散文發展的一種格套。新時期以來，散文有了新的豐富多彩的面貌，理論建設也顯得極為迫切。林非最早著手梳理現代以來散文的發展脈絡，提出了系統建設散文理論的主張，之後，佘樹森的《中國當代散文報告文學發展史》、吳周文的《散文十二家》、范培松的《散文天地》、張振金的《中國當代散文史》、劉錫慶的《散文新思維》、李曉虹的《中國當代散文審美建構》等著作從不同角度探討散文問題，共同構成了散文理論研究的新格局。

一、林非：構建散文理論體系

　　林非的散文理論研究開始於七十年代後期。在「文単」浩劫結束後，他參與了七卷本的《中國現代散文選》的編纂工作，認真閱讀了幾千萬字的作品，形成了不少有關此種文體的藝術見解，出版《現代六十家散文箚記》和《中國現代散文史稿》兩本著作。這是新時期最早的研究中國現代散文的著作，在當時產生了廣泛的影響，《現代六十家散文箚記》先後印行了將近 20 萬冊，《中國現代散文史稿》不僅被中國不少大學的中文系列為必讀或參考書，而且被韓國一些大學的漢語學科列為參考教材。之後，他又相繼出版《散文論》、《散文的使命》、《林非論散文》等散文理論專著和《魯迅前期思想發展史略》、《魯迅小說論稿》、《魯迅和中國文化》、《中國現代小說史上的魯迅》等魯迅研究專著，成為散文研究和魯迅研究方面的專家，並因此被選為中國魯迅研究會會長、中國散文學會會長。

　　林非在新時期散文理論研究中，篳路藍縷，做了許多建設性的工作。這種工作基於對百年現代散文發展史的思索，對五六十年代以來散文存在的問題的思考。

　　在對 20 世紀以來中國散文的發展做了認真考察之後，林非從散文的根本特性出發，指出長期制約散文發展的「框子和格套」必須打破。十七年散文中最典型的格套一是寫作上要求「形散神不散」，二是強調散文的詩意、情韻和境界，把散文當詩一樣寫。林非認為，這些提法作為對散文文體的藝術探索本身並沒有什麼不妥，但是當把它作為一種規範和

格套，一種固定框架要求所有作品都用這種寫法，就遠遠背離了散文最根本的自由精神，而成為一種禁錮。他說：「千萬不要給散文這種文學樣式設置任何框子和格套」。

> 散文可以寫得像一首詩，可以寫得像一篇小說（如吳組緗的《村居記事二則》），也可以寫得像一出短劇（如魯迅的《過客》）。它可以像蒙田、培根和帕斯卡爾那樣，深沈和淵博地思索社會人生與宇宙萬物的哲理；它也可以像屠格涅夫、波特萊爾和泰戈爾那樣，親切地訴說自己內心的喜悅和追求，坦率地傾瀉自己靈魂的憂鬱和激憤；它更可以像查理‧藍姆、歐文和阿左林那樣，栩栩如生地描述某種獨特的日常生活的風情。
> ……
> 追求單一化和模式化，必然會使散文創作陷於僵化和停滯的境地，只有衝破單調和模式的多樣化的趨勢，才有可能使散文創作得到充分的發展和繁榮。[1]

這種看法今天已經成了創作界的共識，但八十年代初，在散文界還普遍因襲著「形散神不散」的模式的時候，林非的主張無疑是具有挑戰性的。

　　林非的散文理論研究不僅在於以足夠的敏銳和勇氣對十七年散文中存在的問題作出分析並提出尖銳批評，更在於他對於散文文體理論建設的總體性思考。在《關於當前散文

---

[1] 林非：《散文創作的昨日和明日》，《文學評論》1987 年第 3 期。

研究的理論建設問題》這篇文章中，他提出從五方面建構散文理論的主張，包括範疇論、本體論、創作論、鑒賞論、批評論。

林非說：「關於散文的範疇論，其實質就是要解決散文創作究竟包括哪些領域的問題。」[2]長期以來，散文的文體邊界十分模糊，因為散文曾經是孕育許多文體的溫床，包羅萬象，文體特徵難以確立。林非強調了將散文區分為「廣義」和「狹義」的科學性。他說：「無論從中國或外國散文史最初的源頭來看，都由於文化學術的分工還不細密，就同樣出現了超越文學藩籬，趨向於思考藝術、哲學、歷史、政治等問題的篇章。」正是廣義散文給了狹義散文以深厚肥沃的思想土壤，使它得以欣欣向榮地滋長。但是真正能表現散文藝術水準的還是「富有抒情性與文采」的狹義散文。[3]強調散文的「廣義」和「狹義」之分，在充分肯定散文的包容性的同時，強調散文的藝術特質，就較好解釋了長期以來爭論不休的文體邊界問題。

林非認為散文本體論所要闡述的是散文的本質特徵，「散文創作是一種側重於表達內心體驗和抒發內心情感的文學樣式，它對於客觀的社會生活或自然圖景的表現中間，主要是以從內心深處迸發出來的真情實感打動讀者」[4]林非強調了散文是一種表現的藝術，抒情性、真實性是其本質

---

[2]　林非：《關於當前散文研究的理論建設問題》，《河北學刊》1990 年第 4 期。
[3]　林非：《關於當前散文研究的理論建設問題》，《河北學刊》1990 年第 4 期。
[4]　林非：《散文創作的昨日和明日》，《文學評論》1987 年第 3 期。

特徵。

　　創作論所要解決的是散文怎樣寫的問題，林非認為在散文寫作中作家需要注意的問題「包括散文寫作如何更為自由自在和從容裕如地灌注真情實感的根本原則，思想和藝術方面的表達技巧，以及駕馭自然流暢而又充滿文采的語言這幾個方面，並且在此基礎上考察如何形成獨特風格的問題，這樣又不能不涉及到散文作者提高思想修養和藝術造詣的問題了。」[5]

　　鑒賞論和批評論是從接受的角度考慮散文如何與讀者溝通。文學作品的意義是通過閱讀鑒賞來實現的。閱讀活動是散文創作全過程中一個極為重要的部分，在作品實現的動態活動中，閱讀不是無足輕重的附屬現象，它本身即是文學本體的組成部分，是它的存在方式，也是意義實現的必由之路。讀者的能動作用、閱讀的創造性、閱讀中的視野融合，閱讀中的接受度與視野變化等一系列問題從沈睡中被喚醒，使文學批評獲得了新的角度或視野，打開了新的研究層面。林非認為，「如果能夠做到既使創作者提高鑒賞者的趣味，又使鑒賞者反過來提高創作者的思想與藝術水準，在出現了這種相互反饋的良性循環之後，就不僅可以更好地促使散文創作獲得更多的讀者，走向繁榮的前景，而且還可以極大地提高整個民族精神大廈的建設」。「批評論應該是來自鑒賞的思想與理論昇華，批評的最為堅實的基礎是卓越的審美感受。從這種對於散文創作的審美感受中，逐步提練出許

---

[5]　林非：《〈中國散文大辭典〉序言》，中州古籍出版社，1997年。

多藝術與思想的見解，分析某些散文創作表現出了什麼樣的藝術特色？它所表達出來的精神氣質又和哪些時代思潮及社會心理形態具有直接或間接的關聯？從而全面地佔量出它在散文發展軌跡和思想文化背景上的位置與價值，並且剖析它有哪些超越前人的地方？抑或在什麼方面顯得落後起來了？等等。」[6]

林非對散文理論體系的建構在散文發展中起到積極作用，儘管在他之後，有不少學者作家參與到關於散文文體理論的討論之中，也有一些不同的意見，但作為一種學術思路的開創者，林非的研究對於散文的發展具有長遠的建設意義。

在理論研究中，林非努力思考散文的現代化問題，著意於散文現代化進程的反思與前景展望，表現了自覺的散文批評意識。他認為，散文創作的關鍵在於率直誠摯地展示出內心世界的全部圖景，仍在於進行深沈的思索。「現代化的人們都應該是善於思索的，舉凡時代的命運，獻身的熱忱、祖國的往昔與未來，宇宙的變化與開拓等等，這樣的思索都無比地擴大了散文創作的領域」。他始終認為，具有強勁的思想衝力的散文，對於時代來說無疑是有益的，這就得飽蘸著現代觀點去表現和抒寫宇宙、現代社會和現代人的內心世界。只有這樣，散文創作才有可能為建設民族精神的大廈作出更為有益的貢獻。林非的現代意識還表現在他一貫堅持平等觀念。從平等的思想出發，他反對一切專制的行徑，反對由專制而造成的人與人的等級差別。他強調，要「徹底蕩滌

6　林非：《〈中國散文大辭典〉序言》，中州古籍出版社，1997年。

那些古老的幽靈，用充滿平等思想的筆墨去描述、抒懷和呼籲……嚮往平等這種思想主旨的廣泛表達，應該成為散文創作不可推卸的責任。」「平等思想是充滿生命力的現代觀念的核心，只有用這種健康和合理的思想來審視一切社會和自然現象，來昇華全體公民的情操和意志，我們的散文創作才有可能為祖國和民族的解放與騰飛，產生更大和更好的作用。」[7]

　　林非在散文理論上這樣主張，在創作上也這樣追求，在文本中實現著自己渴望交流，尋覓知音的願望。他說：「散文是一種充分向讀者交心的文體，因而會使讀者感到無限的親切，願意反覆地去咀嚼。」[8]例如在歷史文化散文的創作中，他的出發點亦在於和古代那些心存高遠、靈魂潔淨的志士仁人對話，向著悠遠的歷史敞開心扉，尋求知音。與時下許多同類作品的不同之處在於，他創造了一個莊嚴而親切的「聊天室」，給這些遙想中的英雄注入血脈和生機，與他們對面而坐，侃侃而談。在《詢問司馬遷》中，一開頭就滿懷深情地說：「曾經有過多少難忘的瞬間，沈思冥想地猜測著司馬遷偃蹇的命運，痛悼著他災難的遭遇」，他「好像就站立在我的身旁。我充滿興趣地向他提出數不清的問題，等待著聽到他睿智的答案，……只要還能夠在人世間生存下去，我就會跟他繼續著這樣的對話，不終結地詢問和思索下去」。

　　可以說，林非的散文研究和創作，其實都是一種對話活

---

[7]　林非：《散文創作的昨日和明日》，《文學評論》1987 年第 3 期。
[8]　林非：《〈散文美學論〉序》，引自江西高校出版社《林非論散文》，2002 年 8 月。

動，是歷史與現實之間的對話，也是「現在」、「過去」與
「未來」之間的對話，更是歷史、現實與藝術的對話。

二、關於「大散文」和「淨化散文」的討論

　　近年來關於散文的文體問題有過多次討論，最有代表性
的是賈平凹在《美文》雜誌提出的「大散文」概念和劉錫慶
的「淨化散文」主張的爭論。

（一）賈平凹提出的「大散文」概念

　　「大散文」概念是賈平凹在《美文》雜誌創刊時最早提
出的。他曾經談到提出這個主張的緣由，是由於不滿於「散
文路子越來越窄，格局越來越小的現象」，「針對的是國內
散文界的浮靡甜膩之風」，「而靡弱之風興起，缺少了雄沈
之聲，正是反映了社會乏之清正。而靡弱之風又必然導致內
容瑣碎，追求形式，走向唯美。」「在散文被總體上的靡麗
柔軟之風污染和要沈淪之時，需要的是有一股蒼茫勁力」[9]所
以他明確提出「『大散文』是一種思維，一個觀念」，[10]他
提倡的所謂「大散文」，就是「提倡大境界、大氣象、大格
局、大氣魄的散文」。「堅持在內容上求大氣，求清正，求

---

[9]　賈平凹：《美文三年》，《美文》，1996 年第 1 期。
[10]　賈平凹：《美文三年》，《美文》，1996 年第 1 期。

時代、社會人生的意味，還得在形式上求人而化之。」[11]

他認為散文之「大」首先在於擴大隊伍，散文不應只是幾個職業作家的事，要「大開散文的門戶，任何作家，老作家、中年作家、青年作家、專業作家、業餘作家、未來作家、詩人、小說家、批評家、理論家、以及並未列入過作家隊伍，但文章寫得很好的科學家、哲學家、學者、藝術家等等，只要是好的文章，我們都提供版面。」[12]（賈平凹《〈美文〉發刊辭》）

在內容上，「大散文」概念的提出是有針對性的，賈平凹說：現代散文「在建構它的規範的時候，出現了最大的危機是散文不接觸現實，製造技巧，而粉墨登場的就以真善美作了臉譜，以致使散文長時期淪為平庸和浮華。我們在反對瑣碎、甜膩、精巧、俗氣、虛假、無聊的散文傾向時，應該尋著這一切現象的根源。」[13]「使散文不再成為專業散文家的象牙塔和文人的精神後花園，讓它更有時代感和生活實感，寧願粗礪，不要矯飾，敢不迎合，包括政治的、世俗的和時髦流行的，一定要激情和鮮活。」[14]「在這塊園地上，你可以抒發天地宏論，你可以闡述安邦治國之道，可以作生命的沈思，可以行文化的苦旅，可以談文說藝，可以賞魚蟲花鳥。」[15]

在文體範疇上，「大散文」表現了極大的包容性。「我們還有一個主張，把文學還原到生活中去，使實用的東西變

[11] 賈平凹：《弘揚「大散文」》，《美文》，1994 年第 9 期。
[12] 賈平凹：《〈美文〉發刊辭》，《美文》，1992 年第 1 期。
[13] 賈平凹《〈美文〉四年編輯部午餐桌上的談話》。
[14] 賈平凹：《散文研究·序》，河北大學出版社，2001 年。
[15] 賈平凹：《〈美文〉發刊辭》，《美文》，1992 年第 1 期。

為美文，比如政治家的批义，科學家的論义，商業的廣告，病院的醫案，訴狀、答辯、啟事、家信甚至便條。」[16]

「大散文」概念提出已逾十年，在散文界產生了很大影響，但同時，它也受到質疑。劉錫慶對此就提出了針鋒相對的看法。

（二）劉錫慶關於「淨化散文」的主張

首先，劉錫慶認為「大散文」並非是新理念，而是「復古」，是「主張回到『散文乃一切文章』的古典之路」，「是沒有前途的」，[17]他說：「『大散文』，實在想不出它有什麼『新意』，這提法本身就是很陳舊的。」「散文的過『寬』過『大』，難以進行審美規範，是散文一直未能棄『類』成『體』（獨立文體）的重要原因。這是散文發展遲緩的癥結，是散文的大不幸！……這寬大無邊的『大散文』足以導致它在無拘、無束中自我消解、自我滅亡」提出大散文是「無視散文在自然『演進』中不斷『分化』、『淨化』的發展規律（小說、戲劇、新聞、評論、報告文學、雜文等皆相繼獨立，）這是一種歷史的進步現象」。[18]

劉錫慶力主淨化散文、規範散文，「總之，散文欲提升，文體宜淨化。雜文隨筆和報告文學、史傳文學等等，依我看

---

[16] 賈平凹：《讀稿人語》，引自《散文研究》，河北大學出版社，2001年。
[17] 劉錫慶：《迎接新世紀的輝煌》，《湖南文學》，1995年第10期。
[18] 劉錫慶《當代散文：更新觀念，淨化文體》，《散文新思維》，河北教育出版社，1998年。

都應『獨立』，不要再在『散文』中糾纏、添亂。『分』才能『嚴』（嚴格『審美』要求），『嚴』才能『尖』（藝術高品位），『尖』才能『活』（強悍的生命力）。再這樣『大散文』地糾纏下去，散文必死無疑！」[19]「藝術不僅需要『自由』，更需要對自由的『節制』，節制即規範，無審美規範即無『藝術』可言。」[20]

這種爭論是有建設性的。儘管兩種觀點針鋒相對，但卻是從不同方面對散文文體的發展提出構想。賈平凹對於散文在精神方面的擴大和包容的呼籲，是一種把散文從小格局、小品味中解放出來的努力，是追求大氣度、大境界的欲求。事實上，1990 年代以來的散文也正是在這方面顯示了它的生命活力。但一味的「大」，無限的包容確實也帶來了另一方面的問題，即文體的無限擴大也造成了無體無序的狀態，完全沒有疆域的自由發展最終將會導致散文無體可言，回退到成為其他文體的產床，而沒有自己的獨立空間。劉錫慶對這種狀況的憂慮是可以理解的。出於對散文文體的維護和文體建設的急切心情，他執著呼籲文體淨化，主張清理門戶，把那些不該屬於散文的東西剔除出去，使散文真正棄「類」成「體」，成為眾多文學樣式中獨立的一族。較之賈平凹從精神內容上對散文「大」的倡導，劉錫慶則更多強調散文的藝術品質，強調其內在特點。但是，在力主散文特性的時候，

[19]　劉錫慶：《男性散文家一瞥》，《散文新思維》，河北教育出版社，1998 年。
[20]　劉錫慶：《〈消失的畫幅〉序》，《散文新思維》，河北教育出版社，1998 年。

劉錫慶只承認藝術散文，又使散文疆域過分狹窄，事實上，也很難與 1990 年代以來散文發展的具體狀況相吻合。

　　無論如何，這種討論對於散文文體的建設。對於當代散文的成熟發展是有積極意義的。

三、北大散文論壇提出的散文問題

　　2002 年夏秋之季，北京大學和中國散文學會在北大共同舉辦了「散文論壇」，論壇由目前影響較大的散文家主講、專家學者評點、聽眾參與討論，形成了散文創作與學術的鏈結，賦予了散文討論一些新的意義。

　　首先，由作家、評論家、文學史家、聽眾共同參與的討論使論壇具有了更多的對話性：散文作家作為主講人，談了他們創作中遇到的問題和困惑，他們的追求和在這途程中的酸甜苦辣，以及他們在創作過程中對於文體本身的理性思考。

　　評點人均為近年來在國內頗有影響的現當代文學研究的專家學者，他們針對主講人演講中涉及的問題，在文學史發展的長河中，在宏觀文化背景下，加以評說，並且加以個人對此問題的獨特看法，許多意見頗具啟發性。

　　前來聽講的人多是散文的熱心讀者，他們的提問涉及的內容很多，有些問題直逼主講人，尖銳而直率，在主講人的回答中，引發陣陣掌聲和笑聲，使場上的氣氛更加熱烈。

　　由多重關係構成的對話使這次論壇成為一個立體的學術空間，它所產生的張力遠遠超出論壇本身。

　　其次，在這種平等的學術的交流中，良好的討論的氣氛使許多問題得以深化。

　　在近年來舉行的許多散文理論研討會上，發言人往往只是闡明自己的觀點，很少形成正面交鋒。這次論壇上，一些散文領域近年來很有代表性的不同看法直陳桌面，有些意見尖銳對立。但這是一種純粹的學術觀點的交流，在平等寬鬆的氣氛中，大家各抒己見，相互啟發，呈現一種良好的健康的學術氣氛。

　　再次，在大學講壇上展開對於散文的討論，必將推動散文理論研究向縱深發展。長期以來，學界對於創作界始終保持著距離，尤其對於時下正在發生著的文學現象，往往只是個別從事當代文學研究的學者才會作為研究題目，做出評價或推測其發展趨勢。但從這個論壇的全過程可以看出，對於散文目前的狀況，從事文藝學、現代文學史研究的學者都已經注意到，並且做出了自己的評價。由學者和作家共同參與的討論將會產生新的精神成果。

　　這次論壇最重要的收穫在於，直接切入了散文所面臨的一些重要理論問題，這些問題的提出，對於散文研究的深入發展必然起到積極作用。

（一）散文的沉與浮

　　20 世紀以來，散文起落沉浮，在不同的歷史時期呈現不同的面貌。新時期以來，尤其是 90 年代以來，散文進入最活躍的狀態。存在本身往往高於對存在的論證，任何一個形成潮流的東西，它背後的歷史文化蘊含一定不會太少。

　　北大學者陳平原認為，散文與中國傳統文化、與文言文的聯繫十分緊密，19 世紀以前，「文以載道」，散文在文學中佔據很大位置，「五四」以後，西學東漸，提倡白話文，白話文的主體是小說，而散文與文言文相連，文言文失落的同時，散文也就沒落了。90 年代以來，散文開始復興。其實散文的此次復興，與中國傳統文化的復興是有關係的。90 年代的散文家以「老學究」和「女作家」居多，「老學究」寫「說理型散文」，而「女作家」寫「抒情式散文」。

　　林非則對 90 年代散文的興盛做了如下分析：

1. 今天的時代日益寬鬆的環境，自由和民主氣氛的加強是散文盛行的一個原因。因為只有在自由的氣氛中，才能產生真正的散文。

2. 作者和讀者文化素質的提高。散文作者可以把他自己的心交給讀者，讀者可以理解作者。

3. 電視的普及，通俗的消遣方式充斥了文學作品。人們看電視的時間太多，而不願意花那麼長的時間，也花不起時間去讀長篇的文學作品。因此，此時散文最合適，因為散文短小精悍。

4. 中國是歷史上的散文大國，大家對散文有著很深的感情。

　　曹文軒說：「散文的走俏還要感激這個時代。這是一個敘事的時代。一個散文的時代，這個時代不再以激情作為大美、至美，這是散文生長的最佳的環境。一種文體和它的時代風尚是有很大的關係的。唐詩、宋詞、明清小說的發達都與時代風尚有關。現在詩歌不走俏，並不是質量差，時代使然。」

（二）散文的「大」和「小」

　　散文是難的，難就難在沒有一個普遍認可的理論框架來詮釋，甚至沒有文體邊界。近年來，對於散文文體的討論非常活躍，其中，關於廣義的「大散文觀念」與堅持散文的抒情性特徵，甚至要「清理門戶」的兩種看法代表著對散文文體邊界的不同界定。

　　林非認為：「廣義散文」側重說理。「狹義散文」側重於感情因素和文學性。中國古代的散文絕大多數是在說理，散文的議論性質比較強。而同時散文的感情因素和文學色彩不夠濃厚。五四以後，中國的「狹義散文」就開始流行。徐遲對於狹義散文和廣義散文又一個比喻。就是「狹義散文是塔尖和塔頂，而廣義散文塔基和塔身」。我個人認為這個意見是正確的，兩者其實都不是可以偏廢的。我個人更傾向於「抒情式散文」，也就是「狹義散文」。創作成功的標準，是用自己的感情去打動讀者，當讀者讀到你的文章的時候，他的心可以動一下，心靈可以顫動一下。

　　陳平原明確表示了與林非先生不同的意見，他說：散文的品位與每個人的年齡，經歷和學問都有關係。我最推崇的 20 世紀的散文家就是魯迅和周作人。他們的作品是不是文學？周作人的散文寫的好，但不是風花雪月的抒情散文，而是序跋，這算不算散文？誰能代表中國近代散文，我認為就是「二周」。散文是否以「抒情」為主？我個人對於「體」是持一種比較寬容的態度。從《語絲》到現在的《讀書》都強調隨筆。何謂隨筆？「有話要說，而無以為文」就是作者

的隨筆。我個人傾向於「大散文」。

　　最先提出「大散文」概念的《美文》雜誌主編賈平凹說：1992 年我們創辦這份雜誌的時候，散文界還是比較沈寂的，文壇上的散文一部分是老人的回憶性文章，還有一部分是很淺的很造作的文章。我們想，一方面要顧及散文的內涵，要有時代性，另一方面要拓開散文題材的路子。所以提出「大散文」概念。十多年來，我們拒絕了政治概念性的作品，拒絕小感覺、小感情的作品，儘量充實那些從事別的藝術的人、詩人、學者等的作品，一些書信、日記、導言、序跋、演講稿等寫的好的東西，也拿出來發表。現在看來，大散文觀點普遍得到社會仍同，相當多的雜誌都開闢了大散文專欄。

　　余秋雨結合自己的閱讀和創作的體會談了對「大散文」的看法：年紀越長，越喜歡那種大散文，大散文不是篇幅長的散文。我最喜歡歐洲的兩個散文家，一個是愷撒，他寫的《高盧戰記》是散文的開山之作，他舉重若輕，用最優雅的筆調來談論一場最複雜的戰爭，這種優雅實在是太迷人了。邱吉爾的《第二次世界大戰回憶錄》是大散文，獲得了諾貝爾文學獎，不是和平獎。在這個意義上，我覺得用生命歷險的方式去進行這種大文化之間的考察有可能出現在文體意義上的大構建。這個大構建在某個層次上不一定很出色，但他一定有存在的理由，這樣也可以擺脫我們以前比較小家子氣的某一種文體。

　　卞毓方先生則對那種以文章篇幅的長短來認定是否「大散文」的說法十分反感。他說：我是很反感把我的文章歸入「大文化散文」裏面的。我的文章的「大」是滲透在「骨頭」

裏面的，不是由文章的長短來決定的。

（三）散文在讀者心中喚醒了什麼？

　　散文應當追求什麼？怎樣的作品才有份量？它們能給讀者什麼？王充閭這樣看：應該重視對於人的自身的發掘，本著對人的命運、人性弱點和人類處境、生存價值的深度關懷，充分揭示人的情感世界，力求從更深層次上把握具體的人生形態，揭櫫心理結構的複雜性。實際上，每個人都是一個豐富而獨特的自我存在。要想從人性的角度深入發掘，不能滿足於一般的生活體驗，而應當具備深刻的生命體驗。因為文學創作說到底是一個生命的訪問、靈魂的對接和精神的契合。

　　賈平凹認為：文學的最高層次是寫生命、人性的，小說中有許多作品達到了寫人生，寫命運，只有少數作品能夠抵達最高層次。從這個角度講，散文界做得不夠。散文界最高達到的就是寫人生、命運這個層面，目前較優秀的散文都是對歷史、人生、命運的反思。寫這些東西無可厚非，但是還不是最高層次。之所以出現這種情況，可能與中國散文傳統的審美標準有關，人們一直推崇屈原、司馬遷、杜甫，這些作品構成主流文學，但是這一類作品想像力不夠，與此伴隨而行的是另一種文學，成為現實文學，它寫的是人生的感悟，如蘇軾、陶淵明，以及明、清的散文作家和作品，這一類作品一直繼承下來，到現在所抒發的感情變得很破碎。文學作品並不是後來的作品就比先前的作品優秀。這兩種路子

的創作我覺得在目前都走向衰微。而外國當然也有這兩種文學創作，但主要在於他們對於人性的分析，他們的哲學借鑒了他們的科技、醫學，對於人性的醜惡、貪婪、猥瑣等方面都分析透徹，出現了很多傑作，現在提出向西方學習可以擴大思路。

（四）有意思的和有意義的

曹文軒說：世界上的東西有兩路，一類是有意思的，一類是有意義的。他們在價值上應該是均等的。

賈平凹強調散文應當有意思。他發現這種意思來自於作家的情感「秘結」。他說：我們經常說某某的文章有意思，但是什麼意思，我們說不出來，是一種感覺。這類散文最講究的是真情和趣味，沒有真情它就徹底失敗了，真情才能產生真正的詩意。文學藝術作品有一個「秘結」問題。這是我在閱讀別人作品和自己寫作時的一個體會。任何作品都有一個秘結，有的是在回憶，有的是在追思，有的是在懷念。歷史上偉大的作品都有它的「秘結」。正因為有很多秘結的東西在裏面，才會有真情，有了真情，作品中才有詩意。現在一些散文，似乎蠻有詩意，但是那不是真正的詩意。還有一些詩每句都看似有詩意，但是通篇讀卻沒有感覺了。而有些詩每一句都是平白之話，但是整體讀來卻感覺非常好。我喜歡看後一種。現在人寫東西多是為寫東西而寫東西，這也是現在作品多而好作品少的一個主要原因。談到散文的有意思，還有一點，就是會說閒話。為什麼稱之為閒話，他們將

一些事情說清楚以後，又說一些可有可無的話，增加了文章的趣味性。有靈性、有才情的作家都這樣。讀沈從文、張愛玲、林語堂的文章，都有這種感覺。

（五）說理和說事

怎樣處理描述事實和闡釋道理的關係？這是散文創作中面臨的難題。

賈平凹說：關於事實和看法的問題。現在政治概念性的散文少了，但是哲理概念性的散文多了。這兩種散文在思維上是一致的。很多文章都涉及對事實的看法。這就涉及一個問題，那麼到底是事實重要還是看法重要，應該說兩者都重要。事實要求我們寫出生活的實感，寫出生活的原汁，這不管對小說還是散文都是最重要的，那些政治概念性的和哲理概念性的文章，就缺少這些具體的事實。但是有了事實沒有看法，事實就沒有意義，有肉無骨，撐不起來。但是也還有一種看法，認為事實是永遠不過時的，確實是這樣。比如以前的一些文章，人物很豐滿，故事也很好，但是整個都貫徹著毛主席的看法，拿到現在來看，覺得那些作品意義不大。如果站在關注人、關注生命的角度上提出的看法，我想是不太會過時的。沒有事實的散文我一般不愛看的。但是只有事實沒看法的作品也是不好的。

曹文軒表達了這樣的看法：我們先將「抒情」放下，用說「事」和說「理」來區別散文。散文裏面有兩種，一種以說事見長，一種以說理見長，一個人知道很多道理是一輩子

很值得的事情，但是一個人知道很多事情也是很值得的事情。如果我在死的時候，我是一個知道這個世界上很多事情的人，那麼我認為自己也是一個有著很多財富的人。不能習慣聽「理」，要學會聽「事」。魯迅原來就是說「事」的，後來他為民族，開始去說「理`」，但是在某種意義上說，我為他的這種選擇而遺憾，因為他本來可以說「事」的。現代大學制度，一個大學生四年大學下來，沒有培養出說「事」的能力，這是非常可悲的，這是大學制度的悲哀。

（六）現實關懷和終極追求

王嶽川說：王國維提出作學問的三境界，我今天也提出另一種作學問的三境界。第一層次是做時髦學：什麼地方熱，什麼地方炒作，什麼地方時尚就去做什麼，時尚過去了，此路也就不通了。所以我看到很多作學問的人過了五年八年就不行了，原因就在於此。第二層次就是現實學。現實有什麼新的浪潮，新的問題。對於這些問題的思考有可能成功，對現實進行切入。這是第二層次的境界。第三層次是最高層次，也是永恒的層次，是對人終極價值的追求，這是陳子昂「前不見古人，後不見來者，念天地之悠悠，獨愴然而泣下」，這是張若虛的《春江花月夜》、王羲之的《蘭亭集序》、劉禹錫的《陋室銘》的境界。只有深入的思考，才能傳達出這種深刻的生命體驗。

在講到終極追求問題時，王充閭先生談了莊子給予他的生命的影響。他說：莊子把身心自由、人格獨立看得高於一切，追求一種「無待」的也就是絕對自由的精神境界，不憑

藉任何外在的依託，超越世俗的一切。他從人本學出發，要求恢復自由的人的生命存在，即通過超越倫理規範和功利標準的束縛，超越感性認識相對性和理性思辯有限性的困擾，使個體生命得以解脫，從而獲得一種全新的心理體驗。這對我有重大而直接的影響。莊子的藝術精神對於我們培養一種創作的心態也是有一定作用的。道家的文化特別是莊子的藝術精神包括現代化轉化的藝術視野更成為我治學和創作的深層依據。

（七）書齋化和生命激情

目前，許多作家過著一種優雅的書齋生活，他們缺少衝動，缺少熱情，成了沒有激情，只有職業習慣的「寫手」。對此，余秋雨不以為然，他說：「我不喜歡人文科學裏關在門內做學問的書齋學者式似的小循環圈。我曾在那個領域作過一些事，寫過一些書，但是後來我覺得和我們發展的社會關係不大，而且反而產生很多複雜的人際關係，貢獻不大，我覺得自己應該『出走』。我的『出走』有一個理由：我要去認真的考察我在課堂裏，在書齋裏看到的東西，我要去尋找。在尋找的過程中，我的感受越來越多，越來越強。我要把我的感受表達出來，所以有了一篇篇的文章。我慢慢找到了這種『邊走邊寫』的文章定位，就是我努力的去尋找那種沒有明確答案卻一直牽動著我心靈的題目。我把想清楚地問題交給課堂，把有可能想清楚地問題交給學術，把想不清楚地問題交給散文。為什麼要把想不清楚地問題交給散文？其

實當時我所說的想不清楚的問題歷史上已經有很多人發現了。這些問題是超越邏輯，解釋之外的。他們永遠存在但永遠找不到答案。」

賈平凹說：目前的散文最缺少的就是激情，一些作家將寫作作為生存的一種形式。很多都存在書齋化，埋在書房中，沒有了寫作的激情。我常常也產生一種恐懼，如果老這麼坐著，江郎怎麼能不才盡呢？我想好多作家也有這種情況。這也是一些人散文寫不好的原因。所以，要保持自己生命的活力，以激情來寫作，對生活充滿熱情。這樣我們的感覺才會敏銳，作品才會有渾然之氣。

（八）語言的質地：散文的「難」與「易」

散文是最容易的，因為沒有範式，沒有規定，誰都可以寫。散文又是最難的，因為語言要撐起作品的大廈。陳平原甚至認為：散文應該立足的是「文字」，不是情感和想像力。「什麼是散文的特性？」幾千年來，文人精心錘煉的漢語言文字是散文內在和特有的情懷。

曹文軒認為：中國當代文學在詩歌、小說方面不說已經超過也至少與現代文學打了一個平手。可以用題材的拓寬，主題的展現，形式等方面加以論證。但是說到散文的時候，我有所保留，我不敢說當代作家的散文可以與現代作家叫板，散文是最見語言功夫的一種文體，而當代作家的語言不能與現代作家相比，而造成這種情況的原因就是現代作家的舊學根底和他們與中國古代漢語的血濃於水的關係是當代

作家所沒有的，當代作家不學舊學，不習古代漢語，在語言
上表現出來的一大特點就是語言的質地太差。語言是有質地
的，就想衣服一樣。當代作家與現代作家最大的差距就是在
語言上。古代漢語的凝重、端莊、雅致、斯文氣，已經深入
魯迅等人的骨髓，儘管他們沒有再去之乎者也機械沿用古代
的字眼，但是古代文化養育起來的氣質卻深入到他們的文字
中了。但是在我們五四時期必要的但是極端化的反文言運動
中，使我們同古代漢語的聯繫截斷了，這是歷史的遺憾，而
且是沒有辦法彌補的。人們對魯迅他們提倡白話有一個誤
讀，他們是浸泡在古代漢語裏長大的，所以他們反對文言。
而現代人也跟著反對文言。

　　在寬鬆自由的氣氛中，論壇的參與者各張其幟，體現了
個性色彩，在思想碰撞中對於散文進一步的發展提供了新的
思路。[21]

---

[21] 論壇觀點參看《中國散文論壇‧散文名家之講演、評析及作品》，北
京大學出版社，2003 年。

後　記

　　中國當代散文始終處在一個動態的發展過程中，對它的描述是困難的。尤其是四分之一世紀以來，中國社會處在轉型期，文學受其影響，也顯得極為活躍，色彩紛呈。散文這個本來就沒有明確疆域的文體更呈現一種開放的無拘束的狀態：作家隊伍空前龐大，文體討論不斷展開，在散文內涵尚未被確定下來的時候，超文體寫作已經形成大勢。對於這種處在動態發展中的文體進行同步描述是困難的，筆者只能從個人對於散文文體內質的基本認識出發，選擇當代散文發展中一些有傾向性的現象和作家作品進行分析，以期由這些具體創作現象求得對散文發展大勢的認識。

　　由於精力資料等方面的限制，本書所談到的主要是大陸半個世紀以來的散文創作，而台港澳地區和海外華人的創作均未涉及，擬在今後投入一些時間和精力專事研究。

　　假如此書能夠對讀者瞭解當代散文發展面貌提供一點幫助，筆者將是十分欣慰的。

李曉虹

2004 年 6 月

參考書目

《詩·語言·思》，海德格爾著，彭富春譯，文化藝術出版社，
　　1991 年。

《閱讀活動》，沃爾夫岡·伊瑟爾著，金元浦等譯，中國社會科
　　學出版社，1991 年。

《情感與形式》，蘇珊·朗格著，劉大基等譯，中國社會科學出
　　版社，1986 年。

《解釋：文學批評的哲學》，P·D·卻爾著，吳啟之等譯，文化
　　藝術出版社，1991 年。

《解釋學與人文科學》，保羅·利科爾著，陶遠華等譯，河北人
　　民出版社，1987 年。

《藝術與視知覺》，魯道夫·阿恩海姆著，丁寧等譯，黃河文藝
　　出版社，1990 年。

《資本主義文化矛盾》，丹尼爾·貝爾著，趙一凡等譯，三聯書
　　店，1989 年。

《藝術哲學》，丹納著，傅雷譯，安徽文藝出版社，1991 年。

《中國詩學》，葉維廉著，三聯書店，1992 年。

《出了象牙之塔》，廚川白村著，魯迅譯，未名社，1925 年。

《人間詞話》，王國維著，四川人民出版社，1981 年。

《中國藝術精神》，徐復觀著，春風文藝出版社，1987 年。

《抒情的境界》，劉岱主編，三聯書店，1992 年。

《中國散文史》，陳柱著，商務印書館，1937 年，上海書店 1984
　　年影印。

《藝境》，宗白華著，北京大學出版社，1987 年。

《英國散文的流變》，王佐良著，商務印書館，1994年。

《中國現代散文理論》，俞元桂主編，廣西人民出版社，1984年。

《散文創作藝術談》，王郊天編，江蘇人民出版社，1984年。

《中國散文簡史》，郭預衡著，北京師範大學出版社，1994年。

《中國現代散文史稿》，林非著，中國社會科學出版社，1981年。

《現代散文史論》，汪文頂著，福建教育出版社，1994年。

《筆談散文》，百花文藝出版社編，1980年。

《散文的使命》，林非著，灘江出版社，1992年。

《文學解釋學》，金元浦著，東北師範大學出版社，1997年。

《20世紀中國文學現象研究》，曹文軒著，北京大學出版社，2002年。

《中國散文論壇──散文名家之講演、評析及作品》，林非主編，北京大學出版社，2003年。

《中國新文學大系‧散文一集》（1917-1927），周作人編，上海良友圖書印刷公司，1935年。

《中國新文學大系‧散文二集》（1917-1927），郁達夫編，上海良友圖書印刷公司，1935年。

《中國現代文學創作選集‧中國現代散文選》（1919-1949），中國社會科學院文學研究所現代文學研究室編，人民文學出版社，1983年。

《中國現代文學史參考資料‧中國現代散文選》（1919-1949），北京大學、北京師範大學、北京師範學院編，上海教育出版社，1979年。

《建國十年創作選‧散文特寫》（1949-1959），嚴文井編，中國青年出版社，1960年。

《散文特寫選》，中國作家協會編，人民文學出版社，1956年。

《散文特寫選》(1949-1979)，中國社會科學院文學研究所當代文學研究室編，人民文學出版社，1983年。

《中國新文藝大系‧散文集》（1976-1982），袁鷹主編，中國文
　　聯出版公司，1984年。
《新時期中國散文精選》(1978-2003)，林非主編，花城出版社，
　　2003年。

國家圖書館出版品預行編目資料

中國當代散文發展史略 / 李曉虹作. -- 一版.
-- 臺北市 ‧ 秀威資訊科技, 2005[民 94]
　面 ；　公分. -- (大陸學者叢書 ; 5)(語
言文學類 ; CG0005)
參考書目:面
ISBN 978-986-7263-14-8(平裝)

1. 中國散文 - 歷史 - 現代(1900-　　) 2.
中國散文 - 評論

820.9508　　　　　　　　　　94003600

中國當代散文發展史略

作　　者 / 李曉虹
發 行 人 / 宋政坤
執行主編 / 宋如珊
執行編輯 / 李坤城
圖文排版 / 張慧雯
封面設計 / 莊芯媚
數位轉譯 / 徐真玉　沈裕閔
圖書銷售 / 林怡君
網路服務 / 徐國晉
出版印製 / 秀威資訊科技股份有限公司
　　　　　台北市內湖區瑞光路 583 巷 25 號 1 樓
　　　　　電話：02-2657-9211　　傳真：02-2657-9106
　　　　　E-mail：service@showwe.com.tw
經 銷 商 / 紅螞蟻圖書有限公司
　　　　　台北市內湖區舊宗路二段 121 巷 28、32 號 4 樓
　　　　　電話：02-2795-3656　　傳真：02-2795-4100
　　　　　http://www.e-redant.com

2006 年 7 月　BOD 再刷
定價：280 元

讀 者 回 函 卡

感謝您購買本書,為提升服務品質,煩請填寫以下問卷,收到您的寶貴意見後,我們會仔細收藏記錄並回贈紀念品,謝謝!

1. 您購買的書名:＿＿＿＿＿＿＿＿＿＿＿＿＿＿＿＿＿＿

2. 您從何得知本書的消息?

□網路書店　□部落格　□資料庫搜尋　□書訊　□電子報　□書店

□平面媒體　□ 朋友推薦　□網站推薦　□其他＿＿＿＿＿＿

3. 您對本書的評價:(請填代號　1.非常滿意 2.滿意 3.尚可 4.再改進)

封面設計＿＿　版面編排＿＿　內容＿＿　文/譯筆＿＿　價格＿＿

4. 讀完書後您覺得:

□很有收獲　□有收獲　□收獲不多　□沒收獲

5. 您會推薦本書給朋友嗎?

□會　□不會,為什麼?＿＿＿＿＿＿＿＿＿＿＿＿＿＿＿＿＿

6. 其他寶貴的意見:＿＿＿＿＿＿＿＿＿＿＿＿＿＿＿＿＿＿＿

＿＿＿＿＿＿＿＿＿＿＿＿＿＿＿＿＿＿＿＿＿＿＿＿＿＿＿＿＿

＿＿＿＿＿＿＿＿＿＿＿＿＿＿＿＿＿＿＿＿＿＿＿＿＿＿＿＿＿

＿＿＿＿＿＿＿＿＿＿＿＿＿＿＿＿＿＿＿＿＿＿＿＿＿＿＿＿＿

讀者基本資料

姓名:＿＿＿＿＿＿＿＿＿　年齡:＿＿＿＿　性別:□女 □男

聯絡電話:＿＿＿＿＿＿＿＿　E-mail:＿＿＿＿＿＿＿＿＿＿＿

地址:＿＿＿＿＿＿＿＿＿＿＿＿＿＿＿＿＿＿＿＿＿＿＿＿＿

學歷:□高中(含)以下　□高中　□專科學校　□大學

　　　□研究所(含)以上 □其他＿＿＿＿＿＿＿＿＿

職業:□製造業 □金融業 □資訊業 □軍警 □傳播業 □自由業

　　　□服務業 □公務員 □教職　□學生 □其他＿＿＿＿＿＿

秀威與 BOD

BOD（Books On Demand）是數位出版的大趨勢，秀威資訊率先運用 POD 數位印刷設備來生產書籍，並提供作者全程數位出版服務，致使書籍產銷零庫存，知識傳承不絕版，目前已開闢以下書系：

一、BOD 學術著作—專業論述的閱讀延伸
二、BOD 個人著作—分享生命的心路歷程
三、BOD 旅遊著作—個人深度旅遊文學創作
四、BOD 大陸學者—大陸專業學者學術出版
五、POD 獨家經銷—數位產製的代發行書籍

BOD 秀威網路書店：www.showwe.com.tw
政府出版品網路書店：www.govbooks.com.tw

永不絕版的故事·自己寫·永不休止的音符·自己唱